小殘卷齋藏珍本冬心先生集七種

（下）

孟憲鈞 編

國家圖書館出版社

冬心先生續集一卷

清乾隆十七年（一七五二）刻本

康熙癸未予年十七習聲韻之學同里項丈霜田引爲小友每過耆英宿儒高會輒褰從之嘗云子詩度越時彥舉體便佳梵夾道書不可偏廢惜吾老矣未得見子他日成大名也西湖後嶺水樂洞聞有詩僧亦諳己公之流亞靑鞋布韈常造精廬得句呈佛旬日忘返又南山之南吳慶伯徵君隱居徵君閉關却軌著書比牛腰粗婆娑甓甓隔月昇軟輿過談亦諳禪窟見

于林逋墓上作謂亦語曰吾新營生壙宜乞此
子寒瘦詩阿師爲吾乞之吾以高辛氏銅盤太
康玉辟邪相報百載後吾幽光藉之不泯也丙
戌四月渡羅刹江訪九十一翁毛西河太史至
會稽探禹穴觀窆之石作九言詩太史激賞誇示
賓坐曰吾年逾耄耋景迫崦嵫忽覩此郎君紫
豪一管能顛狂耶丁亥戊子間讀書吳中何義
門先生家先生言吾門儁乂衆多擅譽角之奇

惟斯人五七字詩儼然孟襄陽顧華陽流泒時
秀州朱竹垞檢討在慧慶寺主東南詩盟予懷
刺往謁檢討出迎笑曰子非水周林張高士宅
賦木蓮花錢唐金二十六乎子之詩吾齒雖衰
脫猶能記而歌也予頻年喜遊屢遊長興下楊
邑長鮑西岡十四兄官舍賡唱迭和大雷山小
沇瀆都題滿矣西岡曰君詩有僊骨神竦氣王
無蓬蓬塵湯西厓少宰評君爲獨產醴泉芝草

何須根源前輩鑒識眞不虛耳辛丑首春浪遊
楊州謝秀才前羲拜亥之歲已馳譽江表不可
一世見子景申集雕本搥壁發癲曰吾目光如
炬不輕讓第一流何來狂夫奪吾赤幟余葭白
舍人揚州之領袖也嘗千金結客置酒爲樂酧
後睨視捋其鬢曰天下撐腸拄腹卷軸勝于君
者不少如君詩無一賤語豈可得哉程友聲汪
篪先兩上舍領之以爲知言子客揚州最久朱

布衣貫男貧交詩友也貫男嚴冬擁敗絮僵卧破屋中日趖不爨噤瘁拭涕磨竈煤苦吟缺脣鈋梅花啾啾有鬼語自詡曰寒郊夜哭天不爲吾雨粟乎鬼語騷雅之變世間詩作乞兒語纔可恥耳時于蕿白前羲所讀𢎞詩則下拜曰此金鼇頂上人雍正癸卯夏五𢎞赴萊東道經臨淄邂逅趙秋谷詹事偶一接論索𢎞詩啞啞撫掌曰子詩造詣不盜尋常物亦不屑效吾鄉家

雞聲自成孤調吾老眼慵開今日爲子增雙明也歲乙巳客于澤州陳幼安學士四載相國午亭留詠殆遍郎中條王屋無處不大膽題詩也學士歎曰吾不幸十六中進士領芸局翱翔禁庭十年而罷歸不深讀書今每夜一鐙相對受益良多吾鄉查翰林是吾後進兎園挾册吾最薄之君詩如玉潭如靈湫汲綆之施不息不窮君非吾友實吾師也從此執業稱詩弟子矣甲

寅八月歸安明府裘魯青招予遊吳興吳興予舊遊地明府愛予陳武帝故里曲特有鱎異命縣吏鈔一通令其子誦之乾隆元年開博學鴻詞科明府薦予姓名于節鉞大夫遂到都門徐澂齋編修爲舊契嘉定張南華與澂齋同官問予詩何如澂齋荅曰壽門詩如香洲之芷青芷之蒿日飫大官羊者罕知其味然性好奇畜一洋舶小犬常攜之四方齊魯嵩洛秦晉楚粤之

邦徃返二萬餘里頗伴其羇旅顛頓之行吟也華亭張得天尚書曾屏車騎訪予于櫻桃斜街云昨日潭柘寺見君風氏園古松歌病虎痴龍造語險怪蒼髯叟近雖摧伐更想詩人不易逢也君善八分遐陬外域爭購紛紛極類建寧光和筆法曷不寫五經以繼鴻都石刻吾當言之曲阜上公請君君不吝泓穎之勞乎戊午除夕泊舟西江滕王閣下尋吳處士鏡秋鏡秋工樂

清乾隆十七年刻本

章賀鬼頭姜散仙亶似之于詩四卷鏡秋爲于
箋注云黃金十餅明珠一箪何足取貴君之詩
磊磊焉落落焉始足貴也丙寅于在新安適臨
州李穆堂侍郎來遊黃山春風杖屨共話曩昔
乃云君刻集自稱冬心先生吾謫居京師時曾
諸君作記記古人自稱先生者四十九家今可
以償夙願矣若君詩陵顏轢謝含任吐沈以播
人口吾不復稱說也烏虖諸公先後奄逝墓木

俱拱乎年將七十矣追念長者之言不勝慙汗被于顙頰世之享上壽而操觚者未必蔫憂區區若是其心傾倒耶乎編纘續集上下卷成因抒往事述之簡端

乾隆十七年歲次壬申二月十日雪中錢唐金吉金撰

冬心先生續集上卷

杭郡　金吉金　壽門著

古歙門人　羅　聘　兩峯編輯

楚州張先生携青毛神龜一頭相贈因賦

神龜篇

神龜何來出叢著離靈淵飲而不食壽萬年追想甲子纔分地天此龜疑是洪荒先其長周尺尺二形具足其背曰神屋藏六妙用在信縮屏

息無聲忘晦朔青毛蔽體一寸餘茸翠飛瑶光
舒冷氣逼人三伏初蓑衣仙占卜奇曾見古皇
軒轅同宓羲張公携贈意頗重昨乘輜車夜入
夢世間凡水多腥涎無憂樹下養以均州十斛
大缸滿注天上泉久之宛若江淮河海相周旋
日對眞可蠲煩惱祓疾癘延烋貞豈特洗眼增
雙明三卷金字經學得導引敎游乎黃庭我亦
不死與爾終始

雙禽曲

白練雀一雙林中啼其性不叛不妄飛不揀別家枝上栖別家樹雖好密葉蔽空根合抱虞人禍機卒難保饑時且食山果紅莫豖地下叩頭蟲彼方乞憐求天公

遊魚曲

我生嘗羨同隊魚大魚小魚一族居綠差差水碧玉如飛花撲面三月初欲寄故人千里書故

人遠爲宰相隔十餘載尺素迢迢望江海北固山下有毒鉤毋貪其餌愼爾遊

郃陽褚峻飛白歌

郃陽褚峻性好奇九嵕山前嘗拓昭陵碑青氈白椎自載隨壯哉猛氣可敵千熊羆大少二室搜其祕岷沱大江深其危蛇虺陰宅虎豹窟獨來獨往恒輈饑石碣有字掃空苔蘚色苟得一字兩字心先馳頻年交我頗資我百番把贈翠

墨光淋漓我如歐趙嗜古志亦苦願補史傳歲
月里爵之闕遺今秋相見邪溝上枯荷敗柳西
風吹我顧顑頷汝落莫汝時慰我忘孤羇汝言
曾工飛白書能作此歌惟吾師我聞飛白人罕
習漢世須辨俗所爲用筆侶帚却非帚轉折向
背毋乖離雪浪輕張仙鳥翼銀機亂吐冰蠶絲
此中妙理妙善解變化極巧髣髴般與倕汝誦
我詩重再拜發狂笑靣同韡皮明朝別我汝忽

去錢刀不計還家貲到處題名磨廢尾儻逢秦宮鄴臺當摹追眼底紛紛牽犬臂鷹手嗚呼峻也果異幽并兒

汎蕭家湖

迴汀曲渚暖生烟風梛風蒲綠漲天我是釣師人識否白鷗前導在春船

簡陸秀才立

落花未全落四月有餘春野水多□□屋荒苔不

見人驟驟空遠託寂寂屬前因第一難忘者茶

鄉與笋鄰

長夏坐東溪溪上

圃庵非甲居逍遥獲長暇經聲出溪中茶器散

林下滑簞輕自携小風清可借鳥眄魚從容吾

其同休夏

水軒

東頭開水軒幽矚彌日夕後先花漂溪下上鷗

散席詩卷得九僧茗柯思二客此地可息陰熱
惱若冰釋

過浄雲精舍懐正相開士在西洛

雲離忽雲合疊疊復盤盤松子向人落山光滿
屋寒栖心六時好道眼百年看今夜託遥戛秋
聲八節灘

訪太湖上周文仲文

幽居小沇瀆枉訪遂天間山好在舍下雲生交

䁥間美田秋有穫菁桂暮相攀七十何言老夫
君多古顏

贈楊仙翁

仙扉如滑玉仙磴有陰霞列坐雜山鳥逆聞尋
澗花大年堯甲子上隱漢元嘉向夕軏言妙清
風出齒牙

安隱寺泉上

扁舟五十里到寺寺門清突與老松遇晴隨孤

馨行鳥時來石案苔欲上山楹愛此池頭水汲之雙玉罍

題江寺左壁

江寺畫冥冥江楓照路青衆山自駢抱一鴈遠零丁何處聞吹笛有時逢負苓寬䩞獨來去炊飯飯荒亭

上黨張水部出觀宋范寬畫獨山草堂圖留我看畫雙瞳明笑敔厨鑰開寒廳短童捧出

頗矜貴兩頭小軸魚膽青宋楮堅光未糜壞欵
字低行類鬅鬙畫中遺事畫外尋慢展輕叉且
高挂一峯孤撐如破巾下築精舍牀少塵林花
新沐方過雨爐香不絶疑有人當年妖禍遭非
妄前藏賈相後嚴相細說流傳茶話多却喜雲
巒尚無恙先生棄官卧漳濱葛衣典庫長饑貧
此畫勿失苦亦樂肯換三秉之粟十束薪
乾隆元年八月予遊京師十月驅車出國

門之曲阜縣展謁孔廟作長歌

八月飛雪遊帝京栖栖苦面誰相傾獻書孄上
公與卿中朝漸己忘姓名十月堅冰返堠程得
行便行無阻行小車一輛喧四更北風耻作鶡
旦鳴入不送迎山送迎縣之亘之殊多情冷光
寒翠省際生先師儒里瞻尊榮入廟肅拜安心
旌爇香何必刑牢牲告曰藝事通微誠嗚呼五
經昌且明吾欲手寫承熹平字畫端謹矯俗獰

隸學勿絶用乃亨刻石嵌壁開暗盲此間古栢舍元精壽可千歲歷戊庚左圜右列如墉城茀爲火奪惟汝貞舊時熟識毋乖盟曰坐其下繁籟清恍然樂奏聞竽笙

餌菊

葉跡花更跡寒菊瀞如此有酒香入杯無人影在水可以充齋廚夕糧笑糠粃飡之得長生我亦康風子

廣陵客舍病目長歌遣懷

桃花不紅李不白病眼難分好顏色眼中如火如撒沙以手抉之出不得三朝眩痛迷西東兼旬昏昔翳復矇洗處當求上池水吹來偏是少姨風道家養目專用晦萬物何勞晝長對六時息翕下垂簾視弗在外視在內新學此方坐緇帷攝形神屋同枯龜七重熱惱盡退滅自然銀海生華滋楊叟吉人善醫有仁智問疾殷勤隔

日至親爲量煎藥一囊我忽心悲去年事客秋九月憂患并哭罷好友歸安令裘魯青先生又哭兄阿兄聿禪師摧殘蘭茝傷鶺鴒老淚傾瀉幾喪明入春幽結頓萌發遂令雙瞳更怳惚片詩吟就祭延光帝鑒其微宥其罰他鄉已近寒食天耳畔香輪雜畫船草綠河橋未能見贈鈿拾翠笑無緣

自題四十三歲小像後三首

十載重逢身外身二三千里路沙塵天涯豈少

爭相識娘子關前墮馬人

柴車已毁幔全無煙櫂霜篷計不孤抛却殘書一竿去有鱸魚處釣江湖

濁油燈影話飄零往事無情隔杳冥杯底青山波上宅每年秋雨夢中聽

坐冷泉亭迫暮止宿僧舍明旦出山復至泉上取別口號二首

匆匆亭下澣衣塵清坐斜陽想淨因莫怪流泉

作人語不留人聽反催人

僧房借宿五更起決決有聲曉不休此水殷勤

出山送老夫一步一回頭

夜坐小善盦

到此徑路絶果然毛骨清久之散雲氣初不辨

泉聲貝葉淨可寫精藍夙有名香長與粥薄夜

話記前生

與丁隱君敬身詣南屏山中訪釋子讓公

君袖石我抱琴癖各具癖心同心妙僧須向巖
中尋今年南屏暑早退入寺人影涼愔愔僧留
樹下坐移日飯香蒓苦意頗深石有高格居然
列上品琴多異光亘可輕黃金天教此僧亦貪
戀搋琴弄石發泠吟奇賞俱足愛之至疑石能
語琴反瘖一僧二老大懽喜相對滋味如秋陰
　南屏山中觀米外史琴臺石刻二大字同
少穆月田江聲筠谷秋塍抱朴樊榭堇浦

菠林椰漁敬身竹田句山寸田賓之鷗亭
諸詩老大恒讓山二上人作
一僧導我行南山小而歸石潤雲逢逢松喧風
靡靡突見米顛書剷削瘦螭擬慨想趙宋間操
縵者誰子琴亡臺亦亡何以辨物始惟餘徑尺
字筆畫古苔委此音眇不聞翻爾戀寸晷重湖
多少秋忽落青蘋底

重遊安隱寺獨坐泉上歸從舊時松徑宿

于舟中曉起開行臨平山邑歷歷在目漫

作長歌紀之

十年前曾泉上坐松毛氄氄松蓋大泉喧松喧

六月寒熱痱全消無一箇今年重遊泉上亭長

松拱揖如相迎可憐我老松不老我髮已白松

仍青寺門甎塔影矗矗撫松弄泉與僧熟臨平

山下晚泊船又共汀鷗沙鷺宿侵曉紆回柔櫓

行夜來霜濃變作晴數峯有意露圭角要試先

清乾隆十七年刻本

生雙眼明

論畫雜詩二十四首

草堂一所君王賜隱服還山送老資十志居然千古事自書自畫自題詩

唐朝絶藝推韓幹善畫風騣霧鬣奇此法不傳留一語廐中良馬是臣師

晉公游戲畫五牛最後一匹金絡頭不比田家晩晴候野塘浮鼻野風秋

風吹草低氍幕孤矮卷胡瓌卓歇圖燕市昔酬

三十劵明昌印記半模糊

應憂眞容入定相我嘗瞻拜生咨嗟一幢遠觞

十六軸奇古不數盧楞迦

金陵徐熙海棠好曾見妖紅滿樹開蝴蝶成團

蜂逐隊誤飛來却有千回

筆底三百六十灘忽驚眞水喧狂瀾壞廊無佛

無僧住袖拂蛛絲子細看

長沙助教易元吉畫出槲林翠作堆孤猿喪子
弔夜月月色此時如死灰
南朝官紙女兒膚散木踈花影欲扶此畫不遭
香蠹蝕山移海潰笑須臾
龍眠畫佛畫菩薩三十二品多淨因自後紛紛
都醜相刀林沸鑊鬼生瞋
我愛宣和最長卷蜀花粤鳥被春迷瘦金書體
偏矜貴不侶今人信手題

日共貴游數趙昌朱闌碧甃豈情常宮中團扇
畫蟬雀小卉雜窠疑弄香
潑墨米家山大好吳生習氣嗤汝曹蓮房蕨滓
都收用不藉一牀秋兎毫
濠梁崔白工小景內府法絹獨梭機酸榴花下
雙練雀只近亞字闌前飛
出門往往逢麴車破墨亂畫松叉了毀裂不爲
豪富奪黃金無用若泥沙

隱君名不挂朝端物外風標取次看江路野梅
僧壁竹肯教天子賞酸寒
楚山清曉眞名蹟南渡流傳直百金一雙官窑
軸零落裝潢誰知趙孟林
秀木幽坡覆短莎馬和之畫日摩挲楊家妹子
書偏愛白髮周郎娬媚多
甘風子與粱風子細筆減筆俱通仙但知償酒
付傭保不換三百青銅錢

醉眠伎舘温和尚水墨蒲萄舉世誇怪葉狂藤
等兒戲儼然一領破袈裟
畫貓驛卒有神技澤吻磨牙逞虎威夜深張壁
可絶鼠果少淸油污白衣
一翁七客皆遺老剩水殘山紙上看相對悽涼
話亡國苧袍襤褸葛巾寒
王孫畫牛吾舊物失去蒼茫異代非春草年年
生怨綠可憐觳𧾷歷上天飛

朱陽館主荆蠻民遠岫踈林無點塵也曾著箇
龍門衲此老何嘗不畫人

龍井山中信步有得

摒杖信所往南山游目新不然訪泉竇或者遇
樵人草媎青于髮松喧散若塵此心結元契幽
鑰啓仙眞

越中祥風寺與禪人閒坐

寺古僧亦古無言相對深長明功德水一簇小

寒林雲弄去年色鶴生連日陰名山時入夢只有老夫尋

冬心先生續集下卷

杭郡　金吉金　壽門著

古歙門人　羅　聘　兩峯編輯

陸州邨民欣氏兄弟一跛一瞽皆享耄耋大年予過作詩奬之

一門二氓居窮鄉伯蹇叔盲皆淳良失明罕見官府商輭脚肯入奔趨場我聞宋時牛生白犢多吉祥善人獲報無兵殃又聞青州劉跛子不

乞殘羮向齊市洛陽城中花亂開挾杖如飛看
幾回日行千里去復來汝家弟兄絶黨援廢疾
天全非天譴富貴何能勝貧賤

朱水部典郡河東過我江上草堂對花共
飲醉而成詩

年年釣魚不在魚日日讀書是何書故人新典
股肱郡來訪城南野老居野老居無所有只有
清江鄰左右紅薔薇花香滿扉傾杯莫惜酒汚

衣且看百雙蝴蝶花間飛蝶易散花易落此會須憐今夕樂歗灔春釭勸再酌明朝分袂去天涯淮陰市洛陽街黃河聲怒如奔雷君嘶五馬空徘徊記得太行山突兀我舊題詩探虎窟側帽風前搔白髮

過靈隱寺聞虛長老游衡嶽寄懷

古寺風清清山門少送迎樹全無束縛雞亦愛脩行坐石意已足聽泉渴不生憶師南嶽去一

尺草谿輕

韓叟約伯僻居有年嘗牧羊山中又種秫田數畝以供釀事暇則著琴說十篇近臘過其池上韓叟手操一曲因作詩贈之

山中獨行黃初平松下小像陶淵明驅羊變石豈欺世漉酒用巾非沽名偶然之事便千古後人遐企心先傾叟也高隱棲柴荊揖讓昔賢無煩纓更聞抱藝闡微緒開襆出琴冬氣清池頭

閑弄兩三聲水泙泙魚丁丁欄花暗墮弦上驚
恍如刺船東海移吾情

江行連日舟中書寄陳高士仲謀

春雨打我憂春山迎我舟江行第一程欲愁那
得愁雨歇無跳珠山遥失横黛汀草夾汀花未
開疑有待鄰籤計日多日日少風波故人東郭
賢消息今如何星迴燧復更不見空游矚想子
仙骨輕眞覺天下俗杖携百結藤酒飲小屈巵

琵琶亭上月獨個去題詩

僦居西方寺旬日矣漫題古壁

速客客不至毋煩客共言饑禽方乞食落葉時
打門藥可蠲心疾泉宜洗眼昏夜深牛糞火咲
撥自温存

越日又成一詩書揭客坐

無佛又無僧空堂一點燈杯貪京口酒書殺剡
中藤古蔓今都應諛人老未能此時何所想池

上鶴窺氷

畫梅贈汪六巢林

尋梅勿憚行老年天與健半樹出江樓一林見山店戲拈凍筆頭未畫意先有枝繁花亦繁空香欲沾手遠師丁野堂春風吹滿紙題作萬玉圖咲寄聱居士居士嘗斷炊噤瘁寒耿耿挂壁三摩挲賞我横斜影

汪六巢林失明三年近忽展紙能作狂草

神妙之處儼然如雙瞳未損時知予臥病蕭寺自攜大書一通見贈予因口誦病中五字詩巢林咲之不止咲之正所以賞之也相對終日塵事俱忘王右軍云人生老病當以樂死信哉信哉

雙扉久不聞人聲忽驚打門聲丁丁黃犬吠客銜衣迎咄哉瞽叟無世情袖中大字大如斗自言寫時頗運肘心光頓發空諸有當前多少美

少年有眼有手徒紛然但見滿紙醜惡筆倒顛問我病聽我詩咲得靣皺捧兩頤池上鶴窺冰風吹寒棱棱愛我此詩非衆能我病經旬乖水火夜失安眠晝難坐於潛白朮高麗蔓阿誰贈藥懽相尋叟兮又言小弟目盲非不祥老兄輭脚亦何妨木棉裘煖飽飯日復日明日還來荒寺話斜陽

番禺鎦叟豫士博物好遊來自海隅賦贈

此詩

忽有采鉛客高談動衆聽囊書習禽乙浮海辨魚丁㴵㴵雲虛白羅羅山渲青今年年九十南極老人星

送荊清舉還丹陽

摛藻君所負幽居君所貪文多皇甫絹門近菖蒲潭花幙紛如繡烟鬟漲作嵐丹陽有眞宰歸訪樂湛湛

吳興眠佛寺寺僧覺老近聞已亡覺老平日愛予長短句詩今作此體悼之

我佛出世苦如此渡于津梁臥不起若是尋常粥飯僧那得前知了生死燈非燈第二月散壞風吹即滅伊蘭水沫芭蕉樹彈指之間生懼怖䗪蛇夜動同轉輪問疾都來問宿因一咲而逝掃去火上塵刀圭無用歎寂寞藥王療病亦多錯甘露有時變毒藥

江公子相招自紅橋至平山堂坐竹輿隨路看梅因憶吾郡孤山下逋仙手植一十八株因而有作

江郎騎馬不肯住強我出游探梅去三里紅樓五里亭開遍青旗買酒處千枝萬朵春漫漫但覺肥膩少酸寒果然地俗花便俗那及孤山山下冷眼看一十八株風格古墓荒人邈今無主湖光浸玉養精神顛倒橫斜難細數凍蘂坼時

如雪堆扶笻繞林曰百回最好歸船弄明月暗
香飛過斷橋來

任城南浦荷花二首

萬柄荷花八面生紅襟翠袖亦風情玲瓏水殿
前頭去人語不聞聞雨聲
白板小橋通碧塘無欄無檻鏡中央野香留客
晚還立三十六鷗世界涼

兩淮都轉運司何公謙之自號如如居士

平生斷葷血潔身奉佛稱弟子曰親梵夾
吾三十年尊宿再來可想見矣居士舊爲
三品大夫比罹事侍罪于囹圄者一載今
邀
聖恩釋歸故里因用古韻作歌以貺之野人文
字亶士茸耳不足當居士豎拂微笑也
何居士前生乃是雪山僧山中雪深坐一燈今
生雖未毀儒服學佛堅守五戒之精能手不拘

攣口不褰縮長齋拜經又寫經大哉世界在掌
握兩翼鴨二足雞羊角彎彎猪四蹄終年宰殺
憫勿施近罹憂患囚重狴若墮眢井迷東西牧
心尺宅己忘斧鑕楞嚴諸品諷誦無間日朔復
晦晦復朔晝夜相更憂天竺開眼圖墻亂草皆
狠牙合眼便見大如車輪青蓮華久而拔苦出
沈獄依然歸奉空王臥空谷秋風怗怗吹晚波
津頭戀別白髮多作歌贈者蘇伐羅

觀單仲謀舍人所藏唐薛稷畫鶴

高麗松扇撲去塵宣州木瓜香逼人客裏秋光冷如水白頭不著衣裳新彌勒同龕飽看畫玉貌皆寫青田眞胎仙本來壽無量尾凋粉脫更入神鶴乎鶴乎何長身褚公之甥藝絕倫今君結喉倒寒餓有此詎夷翳桑貧若遇榷場錄名蹟一縑可直三百緡

送吳鏖還新安

揚子橋邊送客舟十年前事話無休大江之上不忍別如此青山兩白頭

山中白雲曲

雲從佛髻光中生縷縷莊嚴縷縷明只有繙經人愛看同眠同坐更同行一朵白雲生相奇飛來故意弄春姿有如玉女披衣立待我詩成去未遲

弄月蓮花溝歌爲徐松源作

此月團團復團團我呼天上爛銀盤不照秦女彈箏筵拉拉雜雜十四弦不照楚客悲秋船嗚鳴咽咽聲可憐又不照塞翁黃沙白草枕戈鋋又不照妖狐拜月狠嘯烟以及雪中曳尾之蛆地下叩頭之蟲偷吸清光萬萬千此月偏照黃山最高處蓮花峯頭龍潭前峯奇石恠松倔強更與此月相周旋有一人兮雙碧眼手弄此月吟詩蒿嘲笑壓倒李供奉飽喫月窟玉屑之飯

清乾隆十七年刻本

稱飛仙

胸陽尋墓詩爲淮陰程七郎仲南作

寒無衣飢無食人生此苦未爲苦母棺忽迷甃所難覓泉下土此苦終古皇天亦無補七郎七郎淸羸瘦疾白日不照雙瞳去尋得空抱一燈夜夜黑如漆七郎七郎心茫茫影倀倀昨者到胸陽郁洲之山老龍之潭何暇追游歌樂方有人指點亂草野火驅牛羊荒塚纍纍髣髴小北

卭遺骸背負返故鄉果然三十男兒強淮流嗚
咽摧肝腸長貧反覺滋味長從來大孝載青史
七郎七郎眞孝子

天台鑒空上人寓書招游者再行勝未發
先示以詩

老僧相招游石梁爲言飛瀑百丈長恠我乖約
不輕往白龍晝夜聲怒張秋來重寄書尺一促
駕無須選吉日開看纔讀兩三行便覺滃滃雲

氣出已辦仙家借短筇松盟山誓快追從速報
弄泉毳衲子笑迎同上最高峯

喻小姑善畫工書請予贈詩

昔傳賁冑曹夫人臨平藕花工寫眞又稱宮中
楊妹子媎筆能摹內庫紙女史書畫非粉脂不
獨謝家椰絮詩今觀喻姑織手巧翠墨丹青兼
二妙年華三五月東方待嫁西京執戟郎

雜詩二十六首并序

雜詩二十六首皆予放浪之言大半在揚州所作也時閔莪齋過賞云老而無情何能爲此言耶若人人能言之又何足取哉今莪齋吟髭亦加白矣愛不去口其纏綿與歎爲可感也

玉女窗西碧海東人間容易路潛通霧臺不昧華池滿明月忽生噎霧中

梅子黃時雨不休一枝亂開安石榴莪葵昨夜

倒墻臥惱殺苦吟賀鬼頭
客侶勞勞亭下過亂塵如夢客如何白衣變黑
洗難白近日千江濁淚多
己無解詠蕭夫子安得寫眞何秀才可惜城南
好山水青蘀布襪見誰來
六月六日寒生毛但聞滿紙風蕭蕭記得昔人
逼馬語穹廬古雪幾曾消
不須索紈來占夢郤有康駢可劇談燭擣香銷

花蔌蔌愁難分別是江南
孄問五陵客姓名馬蹄特特車轔轔終年足垢
不一洗莫笑我如陰子春
花愛徐郎親手栽園丁已報五分開酒鎗原是
君家物每日鬧紅堆裏來
謡曲歌行清復新要如泉石長精神眼中只有
王文度踏徧蕪城少此人
曇礦邨荒非故廬寫經人邈思如何五千文字

今無恙不要奴書與婢書

日日抱琴作枕看溪堂高臥溪風寒亶須石潤

林花吐人去多時始一彈

楚女春衫曾拭酒洛妃羅襪舊題詩而今頭白

風流減不敢人前唱竹枝

夜來趺坐失鼾聲不聽工夫道己成始信無牀

脅尊者四蛇二鼠敢相驚

博陵太守舊知賢勸我春耕土㵂田若貸俸錢

三十貫老夫明日買烏犍
山澤有時氣不通高人厄歲想孤蹤眼爲雙耳
手爲口天下喑聾豈易逢
畫舫空留波照影香輪漸遠草無聲怕來紅板
橋頭立短命桃花最薄情
三過嚴灘訪隱居相傳高蹈故人蹤釣壇之下
一舂釣不釣尋常赬尾魚
唐朝鎭庫墨尺許異錦包纏生光華欲知造法

擣萬杵好覓松明載一車
火塵水塵及地塵一埽再埽認得眞可憐屙出
乾屎橛便有無窮偷喫人
健筆摩空顛且狂窮年文價太荒唐一錢不值
遭鄉擯眞個鞭笞鸞鳳皇
侍漏朝衣篋內存開看不散舊溫馨君誇門第
門才盛五品仙郎一品孫
東家亭上花開落西舍池頭月缺圓酒不招人

山隔而揚州何苦住年年
推倒繙經臺已空阿師了了在胸中一朝燒佛
通紅火不向世間乞死風
松比人長覆石闌人如松立影生寒一雙我有
弄泉手濺沫飛流獨飽看
何故幽懷觸處生山中之人亦不平罪松責竹
嘲明月說是無情却有情
一心願隨郎馬蹄山隔南北天東西對坐花前

清乾隆十七年刻本

各無語玉偏偷泣珠偷啼

金陵曉起思作攝山之遊

林鳥未啼月墮屋老夫先起寒可掬開門自汲澆藥泉埽地纔完茶已熟茶啜一杯春露濃坐聽四百八十曉寺鐘若不青鞵布襪攝山去笑人豈止六朝松

初八夜月

團團樹影水中央若有微風滿袖涼可恠月光

留不住二更容易下西墻
運使盧公招同人飲芍藥花前
看花俱是白頭人愛惜風光愛惜身當此百杯
須滿飲果然四月有餘春簾前側影紛如繡扇
底濃香散若塵想見使君詩第一明珠靑玉比
精神
舊傳隋時展子虔有春夜侍遊圖不可得
見漫作一首

露濕葳蕤玉帳空南朝月色恨無窮生綃一幅尋名蹟試問斜街粉舖中

江昉以茅山菖蒲相貺作轉韻古詩荅之并擬明年要昉爲人外之游瘦筇孤笠同徃同徃

遺我九節蒲駐顏可扶老終朝眉目間歷歷青不了愛此五寸玉風味刮骨清一物兩心同水石見交情寄向冪翠庭相賞知有喜負奇澹蕩

人能詩二三子（謂雪𤰞雲溪二友）來年入茅山游憇掇其眞花開紫蒙茸飡之延長春

茅山訪楊仙翁

仙扉如滑玉仙磴有陰霞列坐雜山鳥逆聞尋澗花大年尧甲子上隱漢元嘉竟夕耽言妙淸風出齒牙

琴叟季（大衍）出游海上詩以贈行

伏羲古琴緱嶺客袖拂流塵自收拾二弦三弦

四弦十四弦泉樂繁音皆琴之臣妾對人且莫彈一聲此中松風山泉空泠泠前年陶隱君明居士謂仲張二山人酬贈詩篇書滿紙歎息枯桐毀而丧宮徵擲碎何必長安市今秋出遊無機心成連先生勿浪尋打頭黃葉深復深

過淨因精舍

抱寺一水晝夜明入門小僧省目清石檻松櫺隔深竹不聞人聲聞碁聲久覺空翠濕衣履又

手獨箇林間行叉手獨箇林間行春風留我非
世情耨試念佛鳥自有澗草巖花迎

夜月

蘋末清風四面涼有心人立小迴廊纔看月出
雲初起便咲雲忙咲月忙

老已至矣抒寫近懷寄執友楊八丈自貴

我老未全老白髭鬚白更妙常在劉叟花前說
年少今春耳半聾尚能聽打清涼山上鐘絕勝

張丞不聞大江聲洶洶我貧九府之錢無一串
書林却有千金硯此中水田三頃何曾賤眼猶
明光瀏瀏終朝弄筆愁復愁偏畫野梅酸苦竹
啼秋細寫滿紙小楷如蠅頭雙脚懶迷所向免
得折腰謁公相偶然出門散袖行健步抛去紅
藤杖衰顏近喜親酒杯平原督郵麴秀才相約
而至咲口開醉鄉那許俗子來賦長歌乞誰和
殷勤覓寄楊臨賀只等百二秦關鴈飛過

過信公禪院感作

林下與僧別多年不記年香尋喫茶處花想坐池邊舊徑禮新塔荒厨問賜田四靈詩一卷堆案尚依然

過友人故居感作

門外已殘春春殘草又新酒香昨夜夢花悼去年人躡履游吳國題襟記漢津風流邈不見開閣埽牀塵

衰病閉門梅花樹下漫作四首

鳳躁龍狂耳失聽惟看梅影上牕櫺老夫半月不輕出日寫維摩救疾經

聲銷色泯欲何爲玉像珠龕好護持偶記句欄舊時事雪衣女子念彌陀

苔蘚新挑作旅羹鼻香如觸遶花行長鐮一匹紙八尺伴我春風畫學生謂門人項均

千枝萬蕊手親裁靈谷山僧乞得來莫謂小庭

無所有胸中三百座樓臺

冬心先生自度曲一卷

清乾隆二十年（一七五五）刻本

昔賢塡詞倚聲按譜謂之長短句卽唐宋以來樂章也予之所作自爲己律家有明童數輩宛轉皆擅歌喉能彈三弦四弦又解吹中管每一曲成遂付之宮商哀絲脆竹未嘗乖于五音而不合度也鄱陽姜白石西秦張玉田亦工斯製恨不令異代人見之若目前三五少年擄縛舊調者酒天花地閒何可與之迭唱使其罵老奴不曉事也歲月既久積爲一卷廣陵詩弟子項

均羅聘楊爵各出槖金請予開雕因漫述之如此

乾隆二十五年二月朔日七十四翁金農在龍梭仙館書

冬心先生自度曲

杭郡 金 農 壽門

昨日

十句四十八字

二月尾三月初不風不雨春晴送別唱渭城曲子尚有餘聲　離愁無據落花如夢人何處酒旗山店知昨日靑驄一鞭從此去

乞橙里主人新茶

九句四十三字

竹粉沾衣松花滿地如此時光須記今春酒病

想著去年茶味　泉汲中泠疑帶半江雲氣一甌綠雪知有故人寄

黃葵花 七句三十三字

秋在花枝上花枝隨轉偏向著朝陽夕陽　玉人最愛新涼釅微黃風前小病病也何妨

題天游生溪上草堂畫卷 七句三十四字

不巾不櫛終年不出六月溪堂常衣褐　茶磨綠塵飛藥囊仙草肥松風聒聒肯教人攘奪

憶西湖南屏山行寄昔日同游龍泓居士

萬峰僧九句四十七字

獨坐冷清清常想南屏背手行勾留處湖中斷墻影門外敗荷聲　年年白髮生每到秋來添幾莖有負潛夫吟社淨侶山盟

題自畫江梅小立軸十二句四十九字

恥春翁畫野梅無數花枝顛倒開舍南舍北處處石黏苔　最難寫天寒欲雪水際小樓臺但

見凍禽上下啼香弄影不見有人來

蕉林聽雨十三句六十四字

翠幄遮陰碧帷搖影清夏風光暝窠石連緜高梧相掩映轉眼秋來憔悴恰如酒病　雨聲偏在芭蕉上僧廊下白頭人聽聽了還聽夜長數不盡覺空階點滴無些兒分

記曾中舊遊十句四十六字

南池側絕少人間煩熱太白酒樓我曾三到手

清乾隆二十年刻本

弄月光如潑雪　又上東封山頂看漢時柏秋風刺刺青衫破帽騎驢狂客

題庭前草本小花爲板橋居士作十句四十八字

鄭家小婢草叢一半新栽紅紫老却關情愛他容易開花結子　來春分種看籬落墻根蔓延不已野香無比風味是澧蘭湘芷

題朱君二亭桃花扇面八句四十五字

野外桃花窺人好似墻東女亂紅無主難得春

風擡舉　二八華年憐他笑靨肴能語今日燬雲如許恐變明朝連夜雨

記昔年爲亡室寫折枝枇杷五句二十七字

櫪頭船昨日到洞庭枇杷天下少額黃顏色眞箇好我與山妻同一飽

吾家棕亭詩老以其吳趨小友徐郎定定寫眞乞題十句四十七字

徐郎笑面試秋衫新練別有風情肯輕教人見

酒邊花底不特歌喉明珠一串妬他才子詩
成細界烏絲大半爲阿儂寫遍

初夏 十一句四十九字

今年初夏小小晴光且看池陰苔管石罅萱房
新竹嘲風纔過墻　漁兄漁弟消息如何江湖
涼夢多再遲一月浮艇去笑著青蓑

送遠曲 八句四十字

津頭車馬柳邊花下鞭絲帽影太匆匆他日再

相逢　八折柳花勸酒柳生離別酒生愁不如不去覓封侯

昔日山遊九句四十五字

青山繚繞數之不了步步靈花忍草風林如掃文聽一雙擣藥鳥　四明狂客剡中僧笑口共相迎何處去十二樓五城

池上八句三十七字

荷花開了銀塘悄悄新涼早碧翅蜻蜓多少

六六水窗通扇底微風記得那人同坐纖手剝蓮蓬

憶樅陽道中看月十句三十九字

前年獨泛九江船二更後一聲涼笛把月吹圓團團爛銀盤中央田地寬阿誰偷種婆娑樹撒麝塵無數

竹枝曲八句四十八字

山中籊龍三日眠龍子龍孫飛上天秋來弄雲

掃紫烟一唱竹枝人可憐　人不見愁千萬餘音在水湘江遠蕭蕭暮雨增幽怨

題僧壁八句四十五字

谿禽格格山花索索莫把酒杯空却須滿滿斟著　三百六十少年場紫毫一管顛狂醉來題字不成行亂寫僧家粉墻

爲沈君學子畫梅花帳額十七句八十六字

洗盡鉛華疎影橫枝偷寫繁花照眼却不怕東

風吹謝玉女窗中有人同夢夢在水邊林下空香如灑真个瘦來無一把　吳綾光研問沈郎吟管可許今朝分借小字填詞金荃增價知絕代蛾眉亦宵新嫁柔情縷縷欲罷難罷

題粉團花便面十六句三十四字

花攢一朵數了又數數不盡花房幾箇　風枝輕顫粉初勻紅漾酒鱗鱗看花難得去年人獨莖草花約一尺許開時如雪園中花匠

云是夜合漫題小詞（四句二十字）

雲希希烟微微仙人新著五銖衣侵曉嫣然啓玉扉

題女史徐南樓吟稾（九句四十七字）

一卷新詩大珠小珠錯落想見南樓月好吟毫坐深魚鑰　閨中才子勝人百倍洗盡香奩脂粉謝家道韞女師却是東陽沈（謂沃田先生）

憶昔（十一句五十字）

趙倡錦瑟秦女鈿筝昨夜瑣窓聲今朝春夢有夢不分明　花間游騎空見酒痕滿地立多時也非容易雙魚難寄一顆顆鮫宮淚

題山僧叩門圖八句三十八字

光圓頭腦定是前山跛長老叩門何事口念新詩笑倒　草堂塵掃樹團團圍抱蔬飯好此間無熱惱

自題梅花矮卷三句十三字

雪一株玉不如風亭小立數花鬚

前溪女兒乞題畫箑四句二十四字

兩頭纖纖出水新無浪無風少婦津斜陽依舊

偏不見采菱人

楚澤吟九句四十四字

修琴客去賣藥人無近結谿翁一二共泛菰蒲

與鷗爭席年年清夢落江湖雲荒七澤亭圯

三吾主領秋光有老夫

故人劉顛漢酒徒也有厥祖之風今自潘陽來作此贈之八句三十九字

襆被叩門舊時鄉里笑說遼東白豕頭沒酒杯裏荷鍤而遊死葬糟丘此願能償客姓劉不問五諸侯

湖中曲六句三十字

西也菰蒲東也菰蒲湖尾𩨒𩨒有若無　雨也模糊雲也模糊疑是彭郎娶小姑

題草花畫册 六句二十三字

月頭月尾一串花無比頰有紅潮十三年紀好東風扶不起

薔薇 五句十九字

莫輕折上有刺傷人手莫可治從來花面毒如此

春閨 十句五十三字

風簾不捲久閉簫樓昨夜剪殘紅燭拋撒香毬

春病似花間孔雀嬾擡頭　料得遠山一簇學
我眉愁且待清明節近綠堤翠陌鬬草並車遊

梧桐引　七句三十三字

金井轆轤空苔階澀露濕梧桐弱枝先墮不待
秋風　吳宮夜漏又添新恨二十五聲中

不見　九句四十七字

忽有衣香吹來笑語却隔著重重朱戶朱戶重
重那得人間別離苦　月竟長圓花全不落便

日日醉倒月窟花叢也無此趣

與詩弟子羅聘偶談南宋武林舊事十一句五十六字

吾家古杭熟食店珠子茶坊當年畫壁大好是劉郎李郎今已荒涼剩水殘山看夕陽　湖魚兒辣羹不復問纖手廚娘何況金籠蟋蟀秋草半閒堂

題夢綠居士丁辛老屋圖十一句五十三字

逭署無方長林之下僦屋有如結宅愛帝城城外西山不比他山顔色　想見王郎熏香朝罷換生衣蕭然吟客涼風滿席定甲乙丙丁編集

憶湖上 九句四十五字

定香橋下臼泱泱湖雲透袖涼最好一方鷗席八尺萍牀　何不歸故鄉仍作垂釣漁郎爲春忙蕁羹薺菜向僧餪分嘗

萱草 六句二十八字

花開笑口北堂之上百歲春秋一生歡喜從不向人愁果然萱草可忘憂

題秋江汎月圖八句三十五字

小艇空江一人清徹骨恍游冰闕弄此古時月管領秋光平分秋色便坐到天明不歸也得

題團扇桃花楊柳八句三十七字

二三月柳枝柔花枝濕風風雨雨春愁絕　紅綬廳前金明池上可有者般顏色只少那人翠

袖立

題小山開士小影 十句五十字

不坐蒲團不扶藤杖尋覓本來面目峭槃草鞋何處去非人世東西南北　山中泉石林間猿鶴都是老僧眷屬天一握與野雲同宿

題石田先生遺事 九句五十字

相城沈叟部民應命小人有母公堂粉壁畫代帝亦何損于某　回家拂衣臥林藪笑謝出諸

口去而再往賤如狗世上豈少曹太守

題自寫曲江外史小像九句五十一字

對鏡濡毫自寫側身小像掉頭獨往免得折腰向人俯仰　天留老眼看煞隔江山漫拖著一條藤杖若問當年無邊風月曾爲五湖長

爲沈君沃田題桐陰結夏圖即送還華亭十六句七十九字

三處鄉音謂京江蔣春農全椒吾宗棕亭連朝閑話都是天涯

詩客坐此梧陰碧羅張繖下有大玲瓏小玲瓏
石散巾舄暑銷無迹　人間六月眞同火宅誰
不羨涼生兩腋沈郎善病鬢絲幾點吳鹽白忽
買輕航便歸去飽看門外九峰婉孌

枇杷歌九句五十一字

野枇杷雪中開花老僧家天生蠹葉聳且奢常
把山樓一半遮　飲澗猿白毫長好似團團明
月光隔林游戲偷先嘗不待洞庭滿樹黃

憶吳興道場山中 七句三十六字

松陰路轉便有好山滿眼日千變青青難辨僧扉午後開池荒水浸苔梅花下只我一箇人來

戲述示學侶項均楊爵二生 八句三十八字

前世爲僧石頭路滑曾記秋林風吹山青白雲賸

置身天際目不識三皇五帝那有工夫替人拭涕

題曹君荔帷秋湖采蓴圖十二句五十二字

生長綠波中嫋嫋蓴絲帶葉連叢想趂晚涼三潭月下采采載低篷　五載未嘗鄉味今作白頭翁便歸去已過秋風輸君不但口腹無窮

秋蘭詞九句四十四字

楚山疊翠楚水爭流有幽蘭生長芳洲纖枝騈穗占住十分秋　無人問國香零落抱香愁豈肯同葱同蒜去賣街頭

徑山林道人乞予畫梅題以寄之八句四十四字

山僧送米乞我墨池游戲極瘦梅花畫裏酸香香撲鼻　松下寄寄到冷清清地定笑約溪翁三五看罷汲泉鬭茶器

題江君雲溪杏花影裏塡詞圖十五句七十二字

百尺銀墻一枝蓓蕾杏花紅得太無情便朝朝仙露洗他不退除非夢筆橋頭客含毫共相對梢上濃春莫被青禽偷嘴吟成好句玉響珠

零勝八十倍聽笛裏新聲只有七郞殘月可作配

題贈雪舫先生十五句六十八字

劄龍耳捋虎鬚知先生何所不爲當年舊事撥浮雲驚倒霍家兒無端春夢夢醒多時　近客蕪城哀絲激管一棹舴艋笑賦詩楚樹遠楚天垂湘草湘烟夢九疑眞个狂顛眞个癡

爲荔帷居士畫梅邊覓句圖十四句六十字

呵凍僧窗爲寫寒梅兩樹氷姿霜蕚此心如在山塢　君歸去嘸酸香閑把花鬚細數想明月窺林淸光一斛照冷吟人苦

冬心先生續集

清乾隆三十八年（一七七三）刻本

布衣六家詩詞

小墨莊藏板

金冬心　羅兩峯
朱老匏　朱二亭
汪巢林　江鄭堂

冬心先生續集自序

康熙癸未予年十七習聲韻之學同里項二丈霜田引爲小友每過耆英宿儒高會輒褰裳從之嘗云予詩度越時彥舉體便佳梵夾道藏不可偏廢惜吾老矣未得見子他日成大名也西湖後嶺水樂洞聞有詩僧亦諳巳公之亞青鞋布韈常造精廬得句呈佛句日忘返又南山之南吳慶伯徵君隱居徵君閉關却軌著書比牛腰粗婆娑躄躠隔月昇軟輿過談亦諳禪窟見予于林逋墓上作謂亦諳曰吾新營生壙宜乞此子寒瘦詩阿師爲吾乞之吾以高辛氏銅盤太康玉辟邪相報百載後吾幽光藉之不泯也丙戌四月渡羅刹江訪九十一翁毛西河太史至會稽探禹穴觀窆石作九言詩太史激賞誇示賓坐曰吾年逾耄耋景廹崦嵫忽覩此郎君紫豪一管能顛狂耶丁亥戊子間

讀書吳中何義門先生家先生言吾門儁乂衆多擅鑿角之奇惟斯人五七字詩儼然孟襄陽顧華陽流派時秀州朱竹垞撿討在慧慶寺主東南詩盟予懷刺往謁撿討出迎咲曰子非水周林張高士宅賦木蓮花錢唐金二十六乎子之詩吾齒雖衰脫猶能記而歌也予頻年喜遊屢遊長興下楊邑長鮑西岡十四兄官舍賡唱迭和大雷山小沈瀆都題滿矣西岡曰君詩有僊骨神竦氣王無蓬蓬塵湯西厓少宰評君爲獨產醴泉芝艸何須根源前輩鑒識眞不虛耳辛丑首春浪遊揚州謝秀才前義拜袞之歲已馳譽江表不可一世見予景申集雕本搥壁發癲曰吾目光如炬不輕讓第一流何來狂夫奪吾赤幟余葭白舍人揚州之領袖也嘗千金結客置酒爲樂醉後睍視捋予鬚曰天下樗腸拄腹卷軸勝于君者不少如君詩無一賤語豈可

得哉程友聲汪蔍先兩上舍頷之以爲知言予客揚州最久朱布衣貫男貧交詩友也貫男嚴冬擁敗絮僵臥破屋中日趐不爨噤瘁拭涕磨竈煤苦吟缺脣瓶梅花啾啾有鬼語自詡曰寒郊夜哭天不爲吾兩粟乎鬼語騷雅之變世間詩作乞兒語纔可恥耳時于葭白前義所讀予詩則不拜曰此金鼇頂上人雍正癸卯夏五予赴萊東道經臨淄邂逅趙秋谷詹事偶一接論索予詩啞啞撫掌曰子詩造詣不盜尋常物亦不屑效吾鄉家雞聲自成孤調吾老眼慵開今日爲子增雙明也歲乙巳客于澤州陳幼安學士四載相國午亭留詠殆遍郎中條王屋無處不大膽題詩也學士歎曰吾不幸十六中進士領芸局翺翔禁庭十年而罷歸不深讀書今每夜一鐙相對受益良多君鄉查翰林是吾後進兔園挾冊吾最薄之君詩如玉潭如靈湫汲綆

之施不息不窮君非吾友實吾師也從此執業稱詩弟子矣甲寅八月歸安明府裘魯青招予遊吳興吳興予舊遊地明府愛予陳武帝故里曲特有矯異命縣吏鈔一通令其子誦之乾隆元年開博學鴻詞科明府薦予姓名于節鉞大夫遂到都門徐徵齋編修爲舊契嘉定張南華與徵齋同官問予詩何如徵齋荅曰壽門詩如香洲之芷青芷之蒿曰飫大官羊者罕知其味然性好奇畜一洋船小犬常攜之四方齊魯嵩洛秦晉楚粵之邦往返二萬餘里頗伴其羇旅顛頓之行吟也華亭張得天尚書曾屏車騎訪予于櫻桃斜街云昨日潭柘寺見君鳳氏園古松歌病虎痴龍造語險怪蒼髯叟近雖摧伐更想詩人不易逢也君善八分遐陬外域爭購紛紛極類建寧光和筆法曷不寫五經以繼鴻都石刻吾當言之曲阜上公請君君不吝泓穎之

勞廿戊午除夕泊舟西江滕王閣下壽民處士鏡秋鏡秋工隸
章賀鬼頭姜散仙直似之予詩四卷鏡秋爲予箋注云黄金
餅明珠一簞何足取貴君之詩磊磊焉落落焉始足貴也丙寅
予在新安適臨川李穆堂侍郎來遊黄山春風杖履共話曩昔
乃云君刻集自稱冬心先生吾謫居京師將曾諸君作記記古
人自稱先生者四十九家今可以償夙願矣若吕詩較顔轢集
舍任吐沈久播入口吾不復稱說也烏虖諸公先後奄逝墓木
俱拱予亦年將七十矣追念長者之言不勝慙汗被于顙頰世
之享上壽而操觚者未必篤愛區區若是其心傾倒耶予編纘
續集卷成因抒往事述之簡端乾隆十七年歲次壬申二月十
日雪中錢唐金吉金撰

昨秋八月既望厲二樊榭自揚州歸語我曰兄見金二十六

自序其續集之文乎大怪絕語語皆述陳人之言類黠鬼聲然自佳不拾人牙後一字不一洗[illegible]俪家蹊徑見髯老偏嗜處閒渠臘凡返家江行必質之予矣予曰唯然魏武感喬玄一言遂有車過腹痛之語蓋深悼知己之不易也況文人自昔工于傾倣求一寓目卽生嫉妬者已如星中月況能舉其人已往其語尤可念乎未幾樊榭下世予哭之失聲上遝怨髯老之詩之異何稱之者遽爲陳人也耶今春人日髯來請曰予將開雕予續集先雕此序君書足張我軍請勿憚指腕之勞也嗟乎予愛髯詩未後諸老往往能舉其全篇尤愛其七字四句之作以爲風調頓挫別擅酸鹹三唐以還無是作矣然有予甚喜者顧不見之集中何耶每欲手鈔其七言絕句都爲一卷時得披詠會因多病今其請勤勤予何可辭爲

清乾隆二十八年刻本

語髯曰予拨束萊過詹事鄰雞之語應指新城特新城事
予耳使見之其傾倒必有出于羣公外者奈何承天水[illegible]
秋口吻乎髯無以對弟曰予衷中一瓣香從未爲過去[illegible]
諸佛拈却子言良是行當爲蠶尾老人作最後之供以懺[illegible]
罪過予但爲我書此毋作豐干老古錐也予乃一咲罷去[illegible]
來風雨經旬頗多暇逸因滌南唐所琢羊鬥嶺石硯試[illegible]
子天關煤爲錄竟此序計一千三百六十有四字云
乾隆十八年歲次癸酉春二月望日同里友弟丁敬身并[illegible]
于硯林

冬心先生既編其詩爲冬心先生集後復編續集乙卷因次其
生平游歷交游惓然於知己之感其序入行於世詩卷留桃箧
中摩挲永日意有出入即爲刊落秘惜過情聘所及見癸未秋
先生沒於揚州佛舍書簽琴瑟几杖器服百年之聚浩然雲散
此卷亦已泯焉精光靈氣猝拌歸槁壤可爲隕涕聘浮生飄泊舊
學漸忘將恐日月奄多遺澤無復可識於是經年求訪筵席之
講授好事長者之藏弆酒亭佛寺之壁蠅頭覆瓿之餘於塵蠹
垢蝕縑素凋裂間尋循點畫指定擬似至於忘食廢事彙然爲一
卷仍其原序以終先生之志先生既編續集十年而歿今又十
年矣遺文故物與人俱盡徒使白頭弟子掇拾於百一哲人之
悲將何窮已先生詩清音促節況諸幽澗之水此則出峽以發
聲芸起石有適演自得之樂乾隆三十八年十二月十六日門

冬心先生續集　一

八羅聘謹題於津門客舍

冬心先生續集

門人揚州羅　聘編

楚州張先生攜青毛神龜一頭相贈因賦神龜篇

神龜何來出叢蓍離靈淵飲而不食壽萬年追想甲子纔分地天此龜疑是洪荒先其長周尺尺二形具足其背曰神屋藏六妙用在信縮屏息無聲忘晦朔青毛蔽體一寸餘茸翠飛瑤光舒冷氣逼人三伏袯襲衣仙占卜奇曾見古皇軒轅同宓羲張公攜贈意頗重昨乘輜車夜入夢世間凡水多腥涎無憂樹下養以均州十斛大缸滿注天上泉久之宛若江淮河海相周旋日對眞可蠲煩惱祓疾癘延佽貞豈特洗眼增雙明三卷金字經學得導引傲游乎黃庭我亦不死與爾終始

雙禽曲

白練雀一雙林中啼其性不叛不妄飛不揀別家枝上栖別家樹雖好密葉蔽空根合抱虞人禍機卒難保饑時且食山果紅莫啄地下叩頭蟲彼方乞憐求天公

遊魚曲

我生嘗羨同隊魚大魚小魚一族居緣差差水碧玉如飛花撲面三月初欲寄故人千里書故人遠為宰相隔十餘載尺素迢迢望江海北固山下有毒鉤毋貪其餌慎爾游

過古上人

瓢笠宜獨往阿師禪味同林疎目不盥雲孄心相通梵夾時一撿佛光正當中秋蛩亦何苦啼斷蘚床空

郘陽褚峻飛白歌

郘陽褚峻性好奇九嵕山前嘗拓昭陵碑青氊白椎自載隨太

少二室搜其祕岷沱大江深其危蛇虺陰宅虎豹窟獨來獨往恒輞饑石碣有字掃空苔蘚邑苟得一字兩字心先馳頻年交我頗資我百番把贈翠墨[redacted]漓我如歐趙嗜古志亦苦願補史傳歲月里爵之闕遺令[redacted]相見邪溝上枯荷敗柳西風吹我頠顤頟汝落莫汝時慰我忘孤羇汝言曾工飛白書能作此歌惟吾師我聞飛白人罕習漢世須辨俗所爲用筆侶帚却非帚轉折向背毋乖離雪浪輕張仙鳥翼銀機亂吐冰蠶絲此中妙理妙善解變化極巧髣髴般與倕汝誦我詩重再拜發狂笑面同韡皮明朝別我汝忽去錢刀不計還家貲到處題名磨礪厓儻逢秦宮鄴臺當摹追眼底紛紛牽犬臂鷹手嗚呼㕙也果異幽并兒

寄歸安令裘明府 思芹

故人爲令擅風儀日復相思歲及期一樹病梨知作賦定能除蠹憫瘡痍

汎蕭家湖

廻汀曲渚暖生烟風榔風蒲綠漲天我是釣師人識否白鷗前導在春船

過開高士執芹隱居

清光愛平旦盥罷一相親水溢鄰左右藥田縣冬春言訓到居士心契臧丈人冲隱有嘉會著簪不厭貧

簡陸秀才立

落花未全落四月有餘春野水多於屋荒苔不見人聯聯空遠託寂寂屬前因第一難忘者茶鄉與笋鄰

長夏坐上

圑庵非卑居逍遥獲長眼經聲出溪中茶器散林下滑篁輕自攜小風清可惜鳥盻魚從容吾其同休夏

水軒

東頭開水軒幽矚彌日夕後先花漂溪下上鷗散席詩卷得九僧茗柯思二客此地可息陰熱惱若冰穰

薄游楚州居東溪之上三易朔晦矣目有所存雜書二首

狗子猫兒可共居天生佛性入得如終朝俗客罕相見足垢頭脂快洗除

東陽餉米義難受上谷借書老更癡三十年來抱詩苦冷癥何處問秦醫

東溪

自入東溪往東溪無俗昬水清魚獨樂蒲老雨相喧散髮已遺世開書合閉門寄言楚州長吾計避朱轓

寄天台僧元濟

我愛白足僧林中置禪室恐莫詎可傷暴禽久已黜一縛經譯無五種食禮畢聞戀在山泉石梁不輕出

稽留山中讀書二首

上世重韋布今人貴犀龜二者性各殊有賴文字垂女蘿長惻惻貞木高纚纚觀物遺浮榮巖壑無乖期

先民隱于牧羊豕亦同羣讀書晉解書五十何苦勤一薦鑿坏遯交辟毀車焚果然櫧山老不失爲徵君

過淨雲精舍懷正相上人在西洛

雲離忽雲合疊疊復盤盤松子向人落山光滿屋寒栖心六時

好道眼百年看今夜託遥夔秋聲八節灘

訪太湖上周丈仲文

幽居小沇瀆枉訪遂天閒山好在舍下雲生交睫間美田秋有穫青桂暮相攀七十何言老夫君多古顔

贈楊仙翁

仙扉如滑玉仙磴有陰霞列坐雜山鳥逆聞尋澗花大年堯甲子上隱漢元嘉向夕眈言妙清風出齒牙

安隱寺泉上

扁舟五十里到寺寺門清突與老松遇暗隨孤磬行鳥時來石案苔欲上山楹愛此池頭水汲之雙玉罌

祁二十五隱君嘉方游南山歸索予贈詩

有客著遊屐齋心三日湛循泉入磵戸囊藥出松帷丹籙不可

讀白雲以爲期還家話山水佳處倡嵩伊

江上得大梁賓十二源書

袖手坐清曉沉吟十月初江寒鴈無次山遠樹生踈庾氏少新

産何郎有故廬殷勤望來使花下洛城書

題江寺左壁

江寺晝𡨋𡨋江楓照路青衆山自騈抱一鴈遠零丁何處聞吹

笛有時逢負苓寬鞵獨來去炊飯飯荒亭

酬詩弟子束枝鳳

前年子來謁蕭寺從我遊入林風滿衣六月如寒秋授吕五字

詩韋鄭最清貴其音近疏達其澹有滋味今年子更奇弔古狂

不休雷塘嗚咽水何事干鄉愁知我燕趙行送別出吟卷纏緜

復纏緜一日三見丙

屢訪石林書堂留必竟日輒賞鄙詩奉酬一篇

一過石國坐再來林幌眠對石澹無語開林夕生娟主人與客同晏處釋塵服千鴟酒常持七略書可讀是月暑雨多顯頡其如何華鑣孅相逐時時叩巖阿我詩衆口嫌苦味失調適愛之獨有君天上矜標格鶴不浴而白玉不寒而温豈意歎賞間聞此長者言

閔廷容邀其郡中士友自小東門汎舟紅橋予亦繼遊因作長歌

小秦淮上風光賤隔歲鉛華阻相見水本無情卻有情綠波如對故人面君今沽酒兼買舟連臂紫衣招白頭肯負紅橋好天氣雙鳧梳翎宿雨收五月荷鄉共清坐花開不多葉頗大芳草雞缸醉罷休離愁別怨毋輕洩東船沸管露正溥西舫催絃燭

慚殘莫笑吟詩苦鉤棘游絲書滿繡囊看

上黨張水部出觀宋范寬畫獨山草堂圖

留我看畫雙瞳明笑啟厨鑰開寒廳短童捧出頗矜貴兩頭小軸魚膽青宋楮堅光未糜壞款字低行類垂薤畫中遺事畫外尋慢展輕彡且高挂一峯孤撐如破巾下築精舍牀少塵林花新沐方過雨鑪香不絕疑有人當年妖禍遭非妄前藏買相後嚴相細說流傳荼話多却喜雲巒尚無恙先生棄官臥漳濱葛衣典庫長饑貧此畫勿失苦亦樂肯换三乘之粟十束薪

乾隆元年八月予遊京師十月驅車出國門之曲阜縣展謁孔廟作長歌

八月飛雪遊帝京栖栖苦面誰相傾獻書孏上公與卿中朝慚巳忘姓名十月堅冰返㧹程得行便行無阻行小車一輛嘡四

更北風址作鶡旦鳴人不送迎山送迎縣之亘之殊多情冷光
寒翠眉際生先師儒里瞻尊榮入廟肅拜安心雄爇香何必刑
牢牲告曰藝事通微誠嗚呼五經昌且明吾欲手寫承熹平宇
畫端謹矯俗獰隸學勿絕用乃亨刻石嵌壁開暗盲此間古栢
含元精壽可千歲歷戉庚左圍右列如墉城弗爲火奪惟汝貞
舊時熟識毋乖盟日坐其下繁籟清怳然樂奏聞竽笙

魯中雜詩

雪裏絺衣客斷炊猘狂何以給朝饑新藏奇貨古刀布錢癖居
然似富兒
溺飲湛寘已喪眞長年長夜復千巡國中所見皆糠粕捐酒毀
器無其人
三熏三沐開經囊精進林中妙意長禮畢小身僻支佛寫時指

放玉毫光

琵琶纖手失春葱欲續么弦調不同殘燭淚流花暗泣傷心偏話玉熙宫

寄贈𧦝公

息心想緇室風味本來殊無垢林如洗獨眠鶴太孤瘦權多秀句孏瓚在名區比月誇新得解衣有智珠

餌菊

葉疎花更疎寒菊澹如此有酒香入杯無人影在水可以充齋厨夕糧笑糠粃飡之得長生我亦康風子

廣陵客舍病目長歌遣懷

桃花不紅李不白病眼難分好顏色眼中如火如撒沙以手抉之出不得三朝眩痛迷西東兼旬昏昔醫復矇洗處當求上池

水吹來偏是少姨風道家養目專用晦萬物何勞晝長對六時
息翕下垂簾視弗在外視在內新學此方坐緇帷[illegible]形神屋同
枯龜七重惱熱盡退滅自然銀海生華滋楊叟吉[illegible]善醫有仁
智問疾殷勤隔日至親爲量煎藥一囊我忽心悲去年事客秋
九月憂患并哭罷好友歸安令裘魯青先生又哭兄阿兄聿禪師摧殘蘭茝傷
鶺鴒老淚傾瀉幾喪明入春幽結頓萌發遂令雙瞳更恍惚片
詩吟就祭延光帝鑒其微宥其罰他鄉已近寒食天耳畔香輪
雜晝船草綠河橋未能見贈鈿拾翠笑無緣

自題四十三歲小像後三首

十載重逢身外身二三千里路沙塵天涯豈少爭相識娘子關
前墮馬人

柴車已毁幔全無烟櫂霜篷計不孤拋却殘書一竿去有鱸魚

處釣江湖
濁油燈影話飄零往事無情隔杳冥杯底青山波上宅每年秋
雨夢中聽
　汪處士愼將次移家先寄一詩
落落與君好相憐老勿諼此生同瓦礫無累及兒孫心外得太
古耳中思妙言草堂貲若辦先辦種魚軒
　曉起入西湖周覽湖中諸山復捨舟渡黃泥嶺憇靈隱
　寺門觀南宋人紀遊題字寻出馬希仁所斵琴蜀僧爲
　彈商音一曲是日心意恬適放筆成歌有未盡者以俟
　再來
二豎已退脫苦攖獨眠遙夜華津生曉起東方半辨色宿林衆
鳥忘其聲獻石得火燈挂壁洗頭濯足四體輕一童抱琴一童

扶柳櫪突如小鹿前後行重巒居然在胸次久未覿面心長傾
笑撐孤艇出湖觜此湖天下無此清青山之青分外青逼眞故
人雙眼眚遠兮近兮紛來迎捨舟造嶺入幽翳緊蘰寬蘰正試
霜新晴蕭九娘家炊午飯野蔬菜菽同爲羹選勝且向寺門坐
千龕禮佛陰苔平谿谺古洞搜舊蹟咸淳姓氏昭文明吾本州
士走他縣少而將老纔題名大書懸匡繼往哲即事差免譏荒
傖何來蜀僧論琴旨請彈雅曲銷塵情塵情既銷音轉妙松乎
水邪交相爭始悔廣陵城中作羈客徒飽惡食形拘儜

坐冷泉亭廹暮止宿僧舍明旦出山復至泉上取別口號二首

匆匆亭下澣衣塵清坐斜陽想淨因莫怪流泉作人語不留人聽反催人

僧房借宿五更起泱泱有聲曉不休此水殷勤出山送老夫一步一頭回

夜坐小善盦

到此徑路絕果然毛骨清久之散雲氣初不辨泉聲貝葉淨可寫精藍夙有名香長與粥薄夜話記前生

寒夜聽韓丈彈琴送姜五入蜀二首

不聞人聲聞水聲其妙却在琴中生惜別悲離彈亦苦幽幽咽咽催天明

天明日出送高臺馬亂嘶時首重回莫忘昨夜傷心曲此去瞿唐灩澦堆

屋後荒篠冬心先生歸來復理成林春雨既作清夜可聽因懷楚中劉六丈道源道源亦愛竹千里觴寄以慰

相思

簃簃竹間雨久不聞此聲好佀故人至長話池上清一燈夜將
半小閣天未明所宜是何夢夢在湘江行

江上沽酒小酌漫成短歌

春江照戶若我私春山笑人亦故欺惟我得知人不知有酒吝
飲眞是癡青州從事歡相約一醉千場恍如昨山月江風他處
無肯教月墮風零落

與丁隱君敬 詣南屏山中訪讓公

君袖石我抱琴癖各具癖心同心妙僧須向岩中尋今年南屏
暑早退入寺人影涼愔愔僧留樹下坐移日飯香莽苦意頗深
石有高格居然列上品琴多異光眞可輕黃金天教此僧亦貪
戀捶琴弄石發冷吟奇賞俱足愛之至疑石能語琴反瘖一僧

二老大懽喜相對滋味如秋陰

南屏山中觀米外史琴臺石刻二大字同周京顧之珽金志章鄭江魯曾煜汪臺厲鶚杭世駿梁啟心張湄丁敬施安陳兆崙顧之麟陸秩吳城諸詩老大恒讓山二上人作

一僧導我行南山小而巋石潤雲逢逢松喧風靡靡突見米顛書劖削瘦螭拏慨想趙宋間操縵者誰子琴亡臺亦亡何以辨物始惟餘徑尺字筆畫古苔委此育妙不聞翻爾戀寸晷重湖多少秋忽落青蘋底

送鹽運判官鮑十四鈐仍爲長興邑宰同丁敬作

送君不奉卣與彝恐君飲之生別離送君不陳絲與竹恐君聽之傷心目果然無酒無管弦但多愉悅捐憂瘖稽留山民龍泓

子共理茶經撿畫史十月分司不值錢好詩方得千古傳北郭
開舟何所見秋風騷騷雲物變日復一日年復年連峯疊巘青
如前仍作長興舊令尹縣中父老爭迎勸光明河上水有情重
來偏照長官清

十一月九日社中諸君同集繡谷亭待雪

風凄百草病我心感幽牽微霰若將集共瞅西齋前索索氣逆
鼻稜稜寒聳肩先嘗元相醞早設江郎氈何時積三尺結想林
中天狂飛如亂巾一白同壇田洛社遊可期郢曲和罕傳凍鶴
當爲謀今年是堯年

新雪同周京梁敬心作

前年鄖子國昨歲新安江聽雪雪不休百壺傾玉缸今冬倦翮
還非客仍是客策策初作聲皚皚盈巳白氈帳可辟寒香篝如

燒春回憶千里遊汾笑嘗壚人果然故鄉好街泥小治窕淨侶
得一妙林間關茶坐

重遊安隱寺獨坐泉上歸從舊時松徑宿於舟中曉起
開行臨平山邑歷歷在目漫作長歌紀之

十年前嘗泉上坐松毛毿毿松蓋大泉喧松喧六月寒熱澌全
消無一箇今年重遊泉上亭長松拱揖如相迎可憐我老松不
老我髮已白松仍青寺門毿搭影盧盧撫松弄泉與僧熟臨平
山下晚泊船又共汀鷗沙鷺宿侵曉紓回棠櫓行夜來霜濃變
作晴數峯有意露圭角要試先生雙眼明

正月十五夜風雪不止漫賦

芳陌華闌風雪寒閉門空倚曲闌干今年今夜無情月第一回
圓不得看

上春同周京厲鶚杭世駿梁啟心施安過顧之麟高齋

試箸小詠四首

楚葵產青泥小摘玉一把何勞野人獻堆盤作春社芹

新苗蒿如許羹材風味殊可以芼爲食問三閭大夫蒿

夜雨翦春韭咀之含芳辛夫君肉食相不佀庾郎貧韭

擷翠試夾提風詩有深取得此薺味甘當思荼菜苦薺

乾隆十一年三月廿有二日乃予六十犬馬之辰觸情

感事雜書四首非所㠯自壽也

清江三月好風多自唱年年銅斗歌莫哂求官我無分金欄不

換一漁簑

白傳無兒詩更達蕭郎捨宅計非差春來笑話親書券賣與仙

人掃落花

潞河渺渺隔天涯記得卿言亦復佳此日荒園失料理誰收竹粉拾松釵老妻時尚在天津女家

快活平頭六十人老夫見道長精神從今造酒營生壙先對青山醉百廵

論畫雜詩二十四首

草堂一所君王賜隱服還山送老貧十志居然千古事自書自畫自題詩

唐朝絕藝推韓幹善畫風騣霧鬣奇此法不傳留一語廐中㚆馬是臣師

晉公游戲畫五牛最後一匹金絡頭不比田家晚晴候野塘浮鼻野風秋

風吹草低毿幕孤矮卷胡瓌卓歇圖燕市昔酬三十劵明昌印

清乾隆三十八年刻本

記半模糊
應夢眞容入定相我嘗瞻拜生咨嗟一幢遠勝十六軸奇古不
數盧楞迦
金陵徐熙海棠好曾見妖紅滿樹開蝴蝶成團蜂逐隊誤飛來
卻有千回
筆底三百六十灘忽驚眞水喧狂瀾壞廊無佛無僧住袖拂蛛
絲子細看
長沙助教易元吉畫出槲林翠作堆孤猿喪子弔夜月月色此
時如死灰
南朝官紙女兒膚散木蹤花影欲扶此畫不遭香蠹蝕山移海
潰笑須臾
龍眠畫佛畫菩薩三十二品多淨因自後紛紛多醜相刀林沸

鑊鬼生瞋

我愛宣和最長卷蜀花粤鳥被春迷瘦金書體偏矜貴不侶今人信手題

日共貴游數趙昌朱闌碧甃豈尋常宮中團扇畫蟬雀小卉雜窠疑弄香

潑墨米家山大好吳生習氣嗤汝曹蓮房蕨滓都收用不藉一床秋兎豪

濠粱雀白工小景內府法絹獨梭機酸榴花下雙練雀只迓亞字闌前飛

出門往往逢䟴車破墨亂畫松义丫毀裂不爲豪富奪黃金無用若泥沙

隱君名不挂朝端物外風標取次看江路野梅僧壁竹肯教天

子賞酸寒
楚山清曉眞名蹟南渡流傳直百金一雙官窑軸零落裝潢誰
知趙孟林
秀木幽坡覆短莎馬和之畫日摩挲楊家妹子書偏愛白髮周
郎娬媚多
甘風子與梁風子細筆減筆俱通仙但知償酒付傭保不換三
百青銅錢
醉眠伎館溫和尚水墨蒲萄舉世誇怪葉狂藤等兒戲儼然一
領破袈裟
畫貓驛卒有神技濡吻磨牙逞虎威夜深張壁可絕鼠果少清
油污白衣
一翁七客皆遺老剩水殘山紙上看相對淒涼話亡國苧袍襤

褸葛巾寒

王孫畫笄吾舊物失去蒼茫異代非春草年年生怨綠可憐殺

攊上天飛

朱陽館主荊蠻民遠岫疎林無點塵也曾著箇龍門衲此老何

嘗不畫人

龍井山中信步有得遂成四韻

携杖信所往南山游目新不然訪泉竇或者遇樵人草媚青於

髮松喧散若塵此心結元契幽鑰啟仙真

憶吳興京口諸勝遊作此遣懷以示詩弟子孫松

養痾草堂上鬅鬙歲月徂長飢辭脯糒清夢落江湖三癸亭何

在五州山到無門生侍籃轝入市笑盧胡

與吳門薄[redacted]具舟至木瀆訪王伯子巖東草堂信宿不

去際晚循遊池上欣然有作二首

舟輕如身輕溪風喜不逢況與靜者期遂造幽人宅長林蔽檀欒諸峯見姽嬧巾韈無煩苛茶瓜有清格或坐或鼾眠忘言憺將夕

將夕池上行衆鳥喧亦妙游魚無懼心前軒方罷釣願同魚鳥樂挈杖且一笑石徑宛轉橋小立各領要知君託栖遯此中可埋照

弁山僧心印乞予畫瘦竹一枝長供佛前畫畢題此

好遊名山扶一籐林中忽遇長眉僧合掌乞畫苦寒竹先生近日無他能竹中不復畫荆棘荆棘乃竹之盜賊老來嬾倡水牯牛隨意題詩在上頭

題瑜高士大本山居

天放俗械無卽事息羣動花苦林雨滅鐘寒澗風送清靚思阿

嵏從游有二仲新著潁陽書玉檢且一諷

　吳興眠佛寺僧覺老近聞巳亡覺老平日愛予長短句

　詩今作此體悼之

我佛出世苦如此疲於津梁臥不起若是尋常粥飯僧那得前

知了生死燈非燈箫二月散壞風吹卽滅伊蘭水沫芭蕉樹彈

指之間生懼怖睡蛇夜動同轉輪問疾都來問宿因一笑而逝

掃去火上塵刀圭無用歎寂寞藥王療病亦多錯甘露有時變

毒藥

　朱水部典郡河東過我江上草堂對花共飲醉而成詩

年年釣魚不在魚日日讀書是何書故人新典股肱郡來訪城

南野老居野老居無所有只有清江鄰左右紅薔薇花香滿扉

傾杯莫惜酒汚衣且看百雙蝴蝶花間飛蝶易散花易落此會須憐今夕樂瀲灧春缸勸再酌明朝分袂去天涯淮陰市洛陽街黄河聲怒如奔雷君嘶五馬空徘徊記得太行山突兀我舊題詩探虎窟側帽風前搔白髮

過靈隱寺聞虛長老游衡嶽寄懷

古寺風清清山門少送迎樹全無束縛雞亦愛脩行坐石意已足聽泉渴不生憶師南嶽去一尺草鞵輕

韓叟約伯僻居有年嘗牧牟山中又種秫田數畝以供釀事暇則著琴說十篇近臘過其池上韓叟手操一曲因作詩贈之

山中獨行黄刱平松下小像陶淵明驅牟變石豈欺世漉酒用巾非沽名偶然之事便千古後人遐企心先傾叟也高隱棲柴

荆揖讓昔賢無煩纓更聞抱藝闌徵緒開襆出琴冬氣清池頭閑弄兩三聲水泙泙魚丁丁櫚花暗墮弦上驚恍如刺船東海移吾情

江行連日舟中書寄陳高士 仲謀

春雨打我憂春山迎我舟中行第一程欲愁那得愁雨歇無跳珠山遥失横黛汀草夾汀花未開疑有待鄞籤計日多日少風波故人東郭賢消息今如何星廻燧復更不見空游矚想子仙骨輕眞覺天下俗杖攜百結藤酒飲小屈巵琵琶亭上月獨個去題詩

居揚州舊城西方寺中每日飯訖繙諸佛經語語筆妙七十老翁妄念都絶我亦如來最小之弟也廣長舌在豈無白言因作古佛頌

七池無狂華雙樹無暴禽中有道場精進林雪山白牛日食草其糞合香爲佛寶以此塗地香不了長者居士與導師各具智慧千人俱多樂少苦功德施童男掃塔復洗塔塔內舍利一百八清淨耳聞諸天樂昔傳佛在師子城說法無量度衆生能使荊棘柔輭沙礫咸光明

僦居西方寺旬日矣漫題古壁

無佛又無僧空堂一點燈杯貪京口酒書殺剡中藤占夢今都應諛人老未能此時何所想池上鶴窺氷

越日又成一詩書揭客坐

速客客不至毋煩客共言饑禽方乞食落葉時打門藥可蠲心疾泉宜洗眼昏夜深牛糞火笑撥自溫存

晨起盥沭畫佛一軀佛著無價衣藉草坐樹下其樹周

匝枝葉莊嚴眞化城中妙相也觀我畫者擬我以盧楞
迦之流非五濁人所能爲畫畢合十指瓜復演說八十
四字題卷首云
菩提樹有淨妙音三株兩株青憘憘此是佛家無憂林佛坐其
下吉祥草耳鼻口舌除熱惱甘露灌頂若雪澡大地諸光光不
生佛一毛孔生光明盲者忽覩開雙盲優鉢羅花香雨徧遂令
尋常百回見誰曰寶山空手轉
揚州詩弟子羅聘云前身花之寺僧寫眞者圖其小影
于賦長歌一篇
花之僧住花之寺今生來作詩弟子闔戶嘗設太常齋行歌不
謁尚書里二清二妙隔世交大圓佛鏡著方袍五七字句一千
首寫禿人間秋兔毫香茅滿把三椽屋舊跡前蹤尋回目隨吾

杖履從吾游黽鼉蒙山矗矗天上天下天四周爾正年少吾白頭當杯莫負蕪城酒一醉同銷萬古愁

畫梅贈汪六士慎

尋梅勿憚行老年天與健半樹出江樓一林見山店戲拈凍筆頭未畫意先有枝繁花亦繁空香欲沾手遠師丁野堂春風吹滿紙題作萬玉圖笑寄礬居士居士□斷炊噤瘁寒耿耿挂壁三摩挲賞我橫斜影

汪六士慎失明三年忽近展紙能作狂草神妙之處儼然如雙瞳未損時知予臥病蕭寺自攜大書一通見贈予因口誦病中五字詩士慎笑之不止笑之正所以賞之也相對終日塵事俱忘王右軍云人生老病當以樂死信哉信哉

清乾隆三十八年刻本

雙扉久不聞人聲忽驚打門聲丁丁黃犬吠客[redacted]衣迎咄哉瞽叟無世情袖中大字大如斗自言寫時頗運肘心光頓發空諸有當前多少美少年有眼有手徒紛然但見滿紙醜惡筆倒顛問我病聽我詩笑得面皺捧兩頤池上鶴窺氷風吹寒棱棱愛我此詩非衆能我病經旬乖水火夜失安眠晝難坐於潛白朮高麗蔘阿誰贈藥懽相尋叟兮又言小弟目盲非不祥老兄輾脚亦何妨木棉裘煖飽飯日復日明日還來荒寺話斜陽

番禺鎦叟 豫士 博物好遊來自海隅賦贈此詩

忽有乘船客高談動衆聽囊書習禽乙浮海辨魚丁滃滃雲虛白羅羅山渲青今年年九十南極老人星

任城南浦荷花二首

萬柄荷花八面生紅襟翠袖亦忒情玲瓏水殿前頭去人語不

闍聞雨聲

白板小橋通碧塘無欄無檻鏡中央野香留客晚還立三十六鷗世界涼

兩淮都〔〕運司何公謙自號如如居士平生斷葷血潔身奉佛稱弟子日親梵夾垂三十年尊宿再來可想見矣居士舊爲三品大夫比罹事待罪於囹圄者一載今邀

聖恩釋歸故里因用古韻作歌以貺之

何居士前生乃是雪山僧山中雪深坐一燈今生雖未毀儒服學佛堅守五戒之精能手不拘攣口不褻縮長齋拜經又寫經大哉世界在掌握兩翼鴨二足雞牟角彎彎猪四蹄終年宰殺憫勿施近罹憂患四重狴若墮眢井迷東西收心尺宅已忘斧

鑽楞嚴諸品諷誦無間日朔復晦晦復朔晝夜相更憂天笠開眼圜墻亂草皆狼牙合眼便見大如車輪青蓮華久而拔苦出沈獄依然歸奉空王臥空谷秋風怗怗吹晚波津頭戀別白髮多作歌贈者蘇伐羅

送吳𪊨還新安

揚子橋邊送客舟十年前事話無休大江之上不忍別如此青山兩白頭

與黃元御相見於揚州往復彌月頗得古懽一旦別去溯清淮而歸東萊矣賦詩祖餞其行

讀君七難篇其道通神明方瞳負奇術能令死者生若拯眢井溺若釋重甡㩴肺腑果作語今醫誰知名慕君與君好申契同弟兄正宜入外游領畧秋光晴胡為匝月留遽去心怦怦清淮

邈且長水有雜汈攑君家近嶗山草木含靈英吾願隨采掇
景袪三彭

嘉定揚丈謙年七十矣乞予爲詩

先生終日求眞形袖有一卷龍虎經今年七十得大道百四十
歲應長齡大道不在人在我地之水離之火丹成上天無不可
但看點點明窓塵一呼一吸生精神藥葫蘆大貯古春眞了翁
非鈍漢納景韜光自輕健垂簾卽是蓬萊山山中飽喫桃花飯

山中白雲曲

雲從佛髻光中生縷縷莊嚴縷縷明只有繙經人愛看同眠同
坐更同行
一朶白雲生相奇飛來故意弄春姿有如玉女披衣立待我詩
成去未遲

弄月蓮花觜歌為徐本清作

此月團團復團團我呼天上爛銀盤不照秦女彈箏筵拉拉雜雜十四弦不照楚客悲秋船嗚嗚咽咽聲可憐又不照塞翁黃沙白草枕戈鋋又不照妖狐拜月狠嘯烟以及雪中曳尾之蛆地下叩頭之蟲偷吸清光萬萬千此月偏照黃山最高處蓮花峯頭龍潭前峯奇石怪松倔強更與此月相周旋有一人兮雙碧眼手弄此月吟詩篇嘲笑壓倒李供奉飽喫月窩玉屑之飯稱飛仙

題汪丈舸小像

濟陽江大別山先生客游凋朱顏今春歸來脫塵服便與倦鳥還林間任他處處風浪顛不休泊心如泊舟閉門七字傲五侯逃禪畫作老僧髮壞色衣一領衣內智珠光冏冏清晨枉訪出

此圖指說骨相非華敷厲病樊榭已亡全癡謝山死眼中能詩惟有子又言子筆含騷愁爲我細寫頻年荒津敗驛之離憂題成寄去花前讀定瀹靈芽爇枯木漫笑區區下劣人眉際白毫長過腹

胊陽尋墓詩爲淮陰程七仲南作

寒無衣饑無食人生此苦未爲苦母棺忽迷薤所難覓泉上土此苦終古皇天亦無補七郎七郎清羸瘦疾白日不照雙瞳去尋得空抱一燈夜夜黑如漆七郎七郎心茫茫影倀倀昨者到胊陽郁洲之山老龍之潭何暇追遊歌樂方有人指點亂草野火驅牛牟荒塚纍纍髣髴小壯卽遺骸背負返故鄉果然三十男兒强淮流嗚咽摧肝腸長貧反覺滋味長從來大孝載青史七郎七郎眞孝子

題雪夜讀書圖爲朱篔作

書生有奇舉其氣可吞虎舌作霹靂飛鼻端火欲吐山南雪如鴟出獵誰敢侮所獲非惡腥殪醜泄我怒歸來破屋中亐瘁箭殺羽燭影何幢幢玉檢讀且舞舞罷循復誦咀味同石乳今夜天下寒萬木皆僂傴獨此枯梅枝著花香一縷淵然道心發匣珠在靈府

韶姪三日前以竹篦畫新花時果見寄忽感微疾捐世矣人生浮脆一至於此驚怛不足哭之以詩

吾家騏驥産渥洼忽聞蹶足生悲嗟昨寄畫扇尚在篋蕭蕭數筆絕代誇半青半黃山枇杷雨中慘紅莪葵花今朝偷看已嗚世便覺生氣無一些高樓浸水月魄死人不見兮夜如此嗚逝之淚老更多想著淒風入懷裏秦嘉少婦守空房嵇氏小男纔

扶床短檠留照莫輕棄機聲咽咽書聲長

喻小姑善畫工書請予贈詩

昔傳貴胄曹夫人臨平藕花工寫眞又稱宮中楊妹子婿筆能摹內庫紙女史書畫非粉脂不獨謝家柳絮詩今觀喻姑纖手巧翠墨丹青兼二妙年華三五月東方待嫁西京執戟郎

揚州雜詩二十四首

玉女窗西碧海東人間容易路潛通靈臺不昧華池滿明月忽生𩃀霧中

梅子黃時雨不休一枝亂開安石榴莪葵昨夜倒墻臥惱殺苦吟賀鬼頭

巳無解詠蕭夫子安得寫眞何秀才可惜城南好山水青鞵布韈見誰來

六月六日寒生毛但聞滿紙風蕭蕭記得昔人通馬語穹廬古
雪幾曾消

不須索綩來占夢抑有康駢可劇談燭㩉香銷花蔌蔌愁難分
別是江南

嬾問五陵客姓名馬啼特特車轔轔終年足垢不一洗莫笑我
如陰子春

花愛徐郎親手栽園丁已報五分開酒鎗原是君家物每日鬧
紅堆裏來

謡曲歌行清復新要如泉石長精神眼中只有王文度踏偏無
城少此人

曇[illegible]邨荒非故廬寫經人遡思何如五千文字今無恙不要奴
書與婢書

日日抱琴作枕看溪堂高臥溪風寒直須石潤林花吐人去多時始一彈

楚女春衫曾拭酒洛妃羅襪舊題詩而今頭白風流減不敢人前唱竹枝

夜來跌坐失鼾聲不睡工夫道已成始信無牀脅尊者四蛇二鼠敢相驚

博陵太守舊知賢勸我春耕上濮田若貸俸錢三十貫老夫明日買烏犍

山澤有時氣不通高人厄歲想孤蹤眼爲聾耳手爲口天下喑聾豈易逢

畫舫空留波照影香輪漸遠草無聲怕來紅板橋頭立短命桃花最薄情

三過嚴灘訪隱居相傳高蹈故人蹤釣壇之下一垂釣不釣尋常赬尾魚

唐朝鎮庫墨尺許異錦包纏生光華欲知造法擣萬杵好覓松明載一車

健筆摩空顛且狂窮年文價太荒唐一錢不值遭鄉擯眞個鞭笞鸞鳳皇

待漏朝衣篋內存開看不散舊溫磨君誇門第門才盛五品仙郎一品孫

東家亭上花開落西舍池頭月缺圓酒不招人山隔商揚州何苦住年年

推倒繙經臺已空阿師了了在胸中一朝燒佛遁紅火不向世間乞死風

松比人長覆石闌人如松立影生寒一雙我有弄泉手濺沫飛流獨飽看

何故幽懷觸處生山中之人亦不平罪松責竹嘲明月說是無情却有情

一心願隨郎馬蹄山隔南北天東西對坐花前各無語玉偏偷泣珠偷蹄

放魚曲爲川上翁作

此鄉一望青菰蒲烟漠漠兮雲䟺䟺先生之宅臨水居有時舉網千百魚不懼不怖魚自如高人輕利豈在得赦爾三十六鱗遊江湖遊江湖翻踟躕却畏四面飛鶬鸕

成都陳孝儀服田力穡間工五字古詩寄贈

侹句託幽夐豐囷享太平洛生終日詠虞氏九年畊不愧稱名

士毋荒作蠶眠眼前輕一顧車馬錦官城

畫杏花

青驄嘶動控芳埃墻裏紅枝墻外開唯有杏花偏得意三年又見狀元來

畫芭蕉

綠得僧窻夢不成芭蕉偏向短墻生秋來葉上無情雨白了人頭是此聲

與蒿上人花下小酌

春夜一壺酒醍醐可比清留僧對花飲看月出林行風擾何能損雲眠了不生老夫愛禪悅前世有交情

金陵曉起擬作攝山之遊

林烏未啼月隱屋老夫先起寒可掬開門自汲澆藥泉掃地纔

完茶已熱茶啜一杯春露濃坐聽四百八十曉寺鐘若不輕𨍭布襪攝山去笑人豈止六朝松

初八夜月

團團樹影水中央若有微風滿袖涼可惜月光留不住二更容易下西墻

冰燈

春寒滴水便成冰巧製工夫屬手能懸處定逢銀海客點時宜照雪山僧光分第一囘圓月名署無雙寳相燈八面玲瓏看不足璚房瑶室幻千層

壽女士方婉儀

謝家才女誇門第女士爲方方伯願瑛之孫女嫁得王郎好夫婿爲羅聘之妻不但能詩詠絮工能畫能書妍且麗七言巧和冰燈歌曾和予冰燈詩二章

一時傳頌時塗雲母春梅多紅絲小硯簪花筆一螺豈屑描雙蛾今年六月是生辰蓮塘瀲灩花精神無滓無塵清可比風裳水珮證前生

舊傳隋時展子虔有春夜侍遊圖不可得見漫作一首

露濕葳蕤玉帳空南朝月色恨無窮生綃一幅尋名蹟試問斜街粉鋪中

江昉以茅山菖蒲相貺作詩答之

遺我九節蒲駐顏可扶老終朝眉目間歷歷青不了愛此五寸玉風味刮骨清一物兩心同水石見交情寄向翡翠庭相賞知有喜負奇澹蕩人能詩二三子（謂雪礓雲溪二友）來年入茅山游憩撥其真花開紫蒙茸飡之延春長

過淨因精舍

抱寺一水晝夜明入門小僧眉目清石檻松櫺隔深竹不聞人聲聞碁聲久覺空翠濕衣履叉手獨箇林間行叉手獨箇林間行春風留我非世情再來試聽念佛鳥自有澗草巖花迎

琴叟季大衍出游海上詩以贈行

伏羲古琴緱嶺客袖拂流塵自收拾二玆三玆四玆十四玆衆樂繁音皆琴之臣妾對人且莫彈一聲此中松風山泉空泠泠前年陶隱君明居士謂仲張二山人酬贈詩篇書滿紙歎息枯桐毀而喪宮徵擲碎何必長安市今秋出遊無機心成連先生勿浪尋打頭黃葉深復深

夜月

蘋末清風四面凉有心人立小迴廊纔看月出雲初起便笑雲忙笑月忙

老巳至矣抒寫近懷寄執友楊八丈自貴

我老未全老白髭鬚白更妙常在劉叟花前說年少今春耳半聾尙能聽打清涼山上鐘絕勝張丞不聞大江聲洶洶我貧九府之錢無一串書牀却有千金硯此中水田三頃何曾賤眼猶明光劉劉終朝弄筆愁復愁偏畫野梅酸苦竹啼秋細寫滿紙小楷如蠅頭雙脚嬾迷所向免得折腰謁公相偶然出門散袖行健步拋去紅藤杖衰顏近喜親酒杯平原督郵麴秀才相約而至笑口開醉鄉那許俗子來賦長歌乞誰和殷勤覓寄楊臨賀只等百二秦關鴈飛過

過友人故居感作

門外巳殘春殘春草又新酒香昨夜夢花悼去年人躡屐游吳國題襟記漢津風流邈不見開閣埽牀塵

過信公禪院感作

林下與僧別多年不記年香尋與茶處花想坐池邊舊徑禪新

塔荒廚閉問賜川四靈詩一卷推案尚依然

衰病閉門梅花樹下漫作三首

颶躁龍狂耳失聽惟看梅影上窗櫺老夫半月不輕出日寫維

摩救疾經

岩蘿新挑作旅羹鼻香如觸遠花行長縑一匹紙八尺伴我春

風畫學生謂門人項均

千枝萬蕊手親栽靈谷山僧乞得來莫謂小庭無所有胸中三

百座樓臺

冬心先生續集　目

冬心先生雜著

清嘉慶種榆仙館刻本

陳晜生栞甚難得餅生記

金壽門雜著

一篇全

冬心先生續集

種榆仙館校刻

冬心先生以詩畫名一世皆於古人規模意象之外別出一奇勝情高致超超元箸殆所謂逸品者於畫尤自珍惜每幅或題小詩或著數語風趣横生揔之無一凡近語此卷皆題畫佛畫竹畫梅畫馬自畫象贊及研銘揚州舊有刊本已久不存近有刻入巾箱小品中者袖珍小字苦於䌷閲今為重刻以廣其傳昔人嘗謂人之精神不在正襟危坐中而時時流露於散髮斜簪之際好鍛蠟屐亦可以見前賢風流先生徃矣零縑斷素得之者珍于拱璧此雖小品猶穆然想見其人於百年之閒矣同里後學陳鴻壽引

冬心先生雜著

冬心先生年踰六十始學畫竹前賢竹派不知有人
宅東西種植修篁約千萬計先生即以為師去春先
生病起目矇耳聵之狀輒自愛惜名山老疾時時動
念今夏四月輕艫短櫂別剡中諸勝過吳興攬蒼弁
闞大雷下浸太湖狎洞庭揖林屋品第茶經慧泉泉
上躡良常憩招隱復渡江訪焦先瓜牛廬又至廣陵
客謝司空寺無日不為此君寫照也畫竹之多不在
彭城而在廣陵矣每畫畢必有題記一攄棖觸之感
秋雨兀坐編次成集江君鶴亭見而嘆賞不置命傔
人鈔録付剞劂氏江君早歲能文交道矜慎獨取乎

韋布寂寞之言其賢誰得而測之耶乾隆上章敦牂九月九日錢塘金農自序

文章之體不一而銘為最古釋名云銘名也記其功使可稱名也臧武仲之論銘也有令德紀功稱伐之義焉則銘不專於誡儆矣古者盤杅几席尊彝斿常楛矢嘉量歆器讒鼎景鐘辰鑑刻漏之屬莫不有銘研其一也自帝鴻氏墨海有製沿及李唐以來研之產不一地形不一式藏不一人衍石墨相著而黑之語為銘者不一家豈不以文房之用畢世相守尊如嚴師密如執友寶如球璧琬炎護如頭目腦髓者惟研為然墨次之筆與紙又次之使石鄉之策勳默而不著得不笑文籍先生為少恩哉予平昔無他嗜好

惟與研為侶貧不能致必至損衣縮食以迎來之自謂合乎歲寒不渝之盟焉石材之良楛美惡亦頗具識辨若親德人而遠薄夫也稍収一二佳品得良匠刓斵精古居北之身日習其事銘因此作亦陶貞白山中白雲聊自怡耳舟屐所至朋遊好事者謂有奇響各出所儲相索予因喜得盡窺諸家之秘而甲乙之幾如子将之月旦季野之陽秋也下逮侍書明童掃黛房老圓奩椭匣羣請品題而予之斐章於是盈軸矣胲而存之其中寓規者十之三彰美者十之七寓規者座右所陳之比也彰美者彝器所勒之比也

至其辭之為雅為鄭為莊為諧為正為廋則予不自知石不能言惟俟有道者定之耳且余夙有金石文字之癖金文為佚籀之篆嘗欲效呂大防薛尚功翟耆年諸公蒐討遺逸輯錄成書有所未暇石文自五鳳石刻下至漢唐八分之流别心摹手追私謂得其神骨不減李潮一字百金也研正石類銘成輒以八分書之睹落翮於結鄰想竊柎于曲水拘墟者得毋以予言為夸乎

雍正十一年歲在癸丑嘉平望日錢塘金農自序

序

二

冬心先生雜著目録

冬心齋研銘

錢塘　金農　壽門

魯隱君研銘

一畝宮齊民居苔滿榻勤著書莫羡西鄰有麥魚

石處士研銘

持平用方子之苗族頑陰不冰是謂温谷

寫周易研銘

蠱履之節君子是敦一卷周易𡍮簾闔門手寫不倦心光存吾慕蓍龜占可以釋百憂水洞洞雲幽幽此道最精顏惡頭

張省度魚研銘

我聞鯈魚可以忘憂簁簁其尾載泳載游江海豈少籍人罟師沉毒鉤者亟須避之

蒲子春研銘

爍爍者光處幽實顯豈看破天下而始貴其眼哉

水田研銘

田四周同我耕者水牸牛歲歉弗收吾將汝尤

巾箱研銘

頭上葛巾已漉酒箱中剩有研相守日日狂吟杯在手杯乾作書瘦蛟走不識字人曾見否

敝屣研銘

東郭雪中老翁江上棄之棄之吾何忍棄之

康石舟研銘

日初出雞子黄一夫不改其耕而天下康天下康田與桑

草書大研銘

榴皮作字苕帚書仙人游戲信有之磨墨一斗丈六紙狂草須讓楊風子

缺角研銘

頭鋭且秃不修邊幅腹中有墨君所獨

團研銘

研如此不惡面如此便俗侏儒侏儒多飽粟今之相者兮果無作

王近人七峰草堂研銘

松吋煙磨有餘水一滴玉蟾蜍七峰青草堂上對寫之日無恙

朴山先生注大戴禮記研銘

守其槷疏其溼咢其說十四經

注老子研銘

河上公開其原腐毫罔傳元牝之門

雲研銘

雲一縷朝朝暮暮潤如許豈待玉女披衣而後作雨耶

香洲道士研銘

負此一雙好眼睛五侯七校皆所輕願隨飲水陰長生作書高揭芙蓉城羣仙拍手紛相迎

余茁邨濡雪堂研銘

濡雪翁鶴髮新棄熱客愛冷人與石結交如宅之有鄰冬釭吐孤花苦吟窮入垠已忘肩山矗矗兩手龜吾知先生寧守黍谷寒不受黍谷春

鶴研銘

鶴不飛恒苦饑玉池水飲則肥堯年大寒何處歸有一人攜之遊二頃田為爾謀

鷗研銘

秋水潤鷗矯翼三沐浴之中有片席

注書研銘

石卿助我箋蟲魚相隨海角天涯居白髮滿頭了殘書河東猗氏真不如

許菊齡瓢研銘

山翁在山飲山中泉髓既洗兮腹何枵然攜之入林

閒果風吹之而有聲焉

吴惇園寫經研銘

有一善人寫經閉關諸花香中忍界之天挹澡瓶水而灌福田放白毫光在指節閒

春帆書屋研銘

産南粤路五千珠江上緑榕天春帆客載汝還文筆快下水船

篔簹分个軒潑墨研銘

寫韻軒開此君相對默默者雲若五斛黛

護園鳩研銘

離墨山中花雨濛濛曉鳩梳羽啼聲空上林好棲一
枝禽有經曷不書之

金星研銘

花離離孔翠飛山滲金夕照微傲洮河欺石末配庚
郎銅筆格

大全研銘

貌朴古類儒者乃淹中稷下席橫經資我寫勝斷甎
半瓦

田研銘

尺宅中有寸田寸田無荆棘得非伊耆氏之豐年耕

之耕之掌流五色煙

宋謝幼槃研銘

江西詩社多逸民廿五人中十九人謝家小弟才清真竹友之集七卷新席有斯研方瓊珉明窗虛幌無凝塵筆花如燒開千春

楊吉人藥局研銘

丹砂田菖蒲井耕而不耰汲之有綆韓康宋清同其品

婁正檀隱君宋研銘

天水之民古子遺不言不笑偏工書冷面落落交㝡

疏一接俗人三稜除

王橙齋古泉研銘

昇刀赤仄當千直一用之不竭果是王郎有錢癖

冷紅先生填詞研銘

彎爾眉纖爾腰秀靨微笑迴紅潮江郎攜來夢筆橋

初三月底譜六么記曲孃子非其曹

春泉居士小玲瓏研銘

玲瓏片石豈蟲所蝕其香生九竅之文心乎吾何測之

皇甫孟陽畫蘭研銘

灃有蘭產我田墨灌之生紫煙搴其芳香與色畫者誰楚騷客

蔗田居士松皮研銘

松皮其形松脂其色豈無松子歲收一石齋心讀書柴扉反關如聞松風出齒牙間

勘書研銘

開卷不辨虎與魚莫對君而書君愛潔朝沐日有度毋盜貪泉來恐觸君怒

巢空閣主人宋研銘

非芝之紫得茶之白一世二世趙宋之石君工畫兼

能詩莫寫灰堆山且題幼婦詞

代耕草堂研銘

疏溝洫㪥蒿芻歲收何減南國珠此中不納五斗租卻勝買田迴踵湖

樊榭山民填詞研銘

紅絲硯鏡匳藏墨一螺譜樂章井華清甘且香爭歌之柳七郎

閔廉風石卵研銘

團團如墮星雨餘天色真空青利我之用磨我墨不數翡翠能屑金文字妙書體精石柱記卵塔銘二者

得兼惟阿兄

廉泉先生研銘

牛漏蹄尚可耕人隳四體忝所生目矇耳眊夜失明墨池乾涸無精神不如捐棄同書檠

金陵沈隱君研銘

攝山在几此研相親白雲與游堯之外臣

馬嶰谷蕉葉研銘

夜含露朝吐雲詎遭修竹有彈文七聘堂牕洞開仙客馬明生作書無點埃落筆聲認雨來

楊都督研銘

上馬殺賊怒露斷下馬作書和氣親運筆如使槊其
力足以舉百鈞平東將軍何嘗眼大同車輪

王東令舍人著作研銘

紫薇省文筆新得汝潤澤如麗春心無垢面無塵風
格老何嫌醜舍人

孱守齋主人洮河研銘

質比紺玉色如海苔君毋浪用日磨竈煤

洪樓亭贈嫁研銘

玉堂仙人非粗官嫁女卻似戴叔鸞練帬竹笥笑不
完奩中有研奚酸寒遠勝明珠贈一簞女夫得之盥

且看三危之露生溥溥星光爛兮夜未闌著書當向
毛公壇

丁敬身改書研銘

毋貪墨寧雌黄功㝡深補訛亡

皀研銘

若野皀之飲于水花翼拍拍可憐紫

内子口研銘

毋長舌毋露齒閨中之研乃如此椒有頌菊有銘以
筆代口含芳馨

沈童子研銘

唐家小兒秀無比一雙瞳神剪秋水舞勺年頗能書右將軍笑不如

女郎小研銘

十三年紀待嫁不嫁石家女顔色可療饑桃花好面皮

西唐山人畫山研銘

作畫不燒枯樹枝鼠鬚蘸墨何所師妖花暴禽君弗為隔江晴翠窗案閒故宫紈扇湘竹斑輕描細染南朝山

原高士括囊研銘

清嘉慶種榆仙館刻本

開君囊有何術一弓書習禽乙

張仲嶔孝廉試闈研銘

七十老翁何所求三上春官名不收尚誇磨研絪縕浮作文辛苦書蠅頭曲江領宴願始休

三弱先生著作研銘

佐良史石之職善識文分曲直若以積墨敗水而汙其面何異喪君子之德也

呂湘中研銘

骨露而寒耳通有漏長身君子何礙其瘦耶

林塘主人風字研銘

抽我豪頌清風水得之而行千里瞬息中八方六合將毋同王郎王郎才敏捷不愧滕王閣中客

邉壽民月圜研銘

何取乎規有此圓相三五不虧作滿月狀

馬涉江鐸研銘

服勞者牛非其所繫先生得之掌周官樂而無戾

透風透月兩明軒重蓮研銘

液生華合丹只用青蓮花七寶池頭是爾家

盛嘯厓雙魚小研銘

鰈魚一雙墨沼春朝莫書恨字寄紅板橋

清嘉慶種榆仙館刻本

趙飲谷填詞研銘

其曲寡和其人則餓誰曰詞場無不可迂辛髯蘇計乃左研兮鮮用空錦畏颸輪墮落類爾我弗如山南之茶磨

麓公研銘

結團菴龍樹前白足僧研有緣銅槃既淨拭洗之菩薩泉現一絲絲若紺髮然

張法生請室上書研銘

釋汝因返汝魂魚脫笱雀離樊賴石氏辨沉寃雖不言而代言

雨山先生指頭畫研銘

吴生精舍如佛巢白頭與研為石交以指濡墨萬象包鮮花活樹多風騷何需一牀秋兔豪

瞽師郝用光研銘

西河子夏經術昌明雖盲於目不盲於心

水墨雲山粥飯僧寫經研銘

白乳一泓忍草一莖細寫貝葉經水墨雲山粥飯僧

又

朝寫經夕寫經香林古雪銅龕鐙此時欲守西方聖人酒戒吾不能

汪竹廬斧研銘

斧柯山君宅之武陽水君淬之月中樹君伐之

飲牛主人綠肪研銘

青琅玕出碧波香荷葉露試一磨仙書綠字校不訛千金為聘豈曰多肯換翠袖之雙蛾

屐研銘

莫笑老而無齒曾行萬里之路蹇兮蹇兮何傷乎遲暮

蔣康民端州研銘

仙骨堅玉之清子何來五羊城

作漢隸研銘

月覇圖孕象爾形其上異色開翠屏殺墨如劓犀何

啻大食之刀新出硎五官中郎將落筆走百靈吾欲

繼之書鴻都之石經

秋竹先生田研銘

一夫用力乃芸已田刈之穫之歲獲大年卻無猛虎

之吏白晝打門橫索錢

拙存老人水岩研銘

紫緋之衣非貴秩石分三品此第一山中人兮甘世

黜手挍遺文無墜失

對鷗生填詞研銘

美筆晨書玉津無限指之不乾相思淚眼

閏郎界烏絲闌研銘

界烏絲闌直毋頗偏代主人耕方郛之田

獲亭主人不滿研銘

雖小缺而如句驪之天雖小蝕卻享大椿之年谷神抱虛真氣綿綿惟其不滿兮得方寸之獨全

孟姬畫小草研銘

香草多生春田無蒃葹有衡荃緑窗纖手摩松鉛吳綃作畫衆翠鮮稚蜂小蝶毋垂涎

郭姬譜曲研銘

研有奩筆有牀譜羅裙丁六娘

衆窠研銘

砧娘擣練之為用乎𧄍人支牀之所遺乎取而改之何異妝鼎下半焦之桐乎

汪師李斷碑研銘

寒山一片石以手摸之探幽賾此中功德惟君有得

胡盧研銘

與浮江湖千金一壺

老匏居士研銘

清嘉慶種榆仙館刻本

翳桑餓夫守此無域之荒畦所謂朝炊不給其面多黧者也

腰帶研銘

蘿帶山人韋帶隱人噫吾不知世上有玉帶之貴人

黄松石黄雲研銘

若絪若緼非沉非冥一見生喜黄色天庭

沈凡民圓研銘

環摧璧破鏡蝕光何如片石凹中央青麐紫鳳不死方饑而食之同仙粲

新羅山人畫竹研銘

此研畫竹翠袖江頭年年秋雨作湘女愁

范原野琴研銘

太古質何蒼蒼家風一曲范履霜有聲無聲鮮聽為誰耳塞豆者烏能知之

大蕉葉研銘

芭蕉葉大禪機緘藏中生活水冬温夏涼

小蕉葉研銘

嫩蕉葉抽春芽試作書開心花

唐仲長子光研銘

山有時聾澤有時瘖道之不亨六賊是侵結廬北渚

此研在側餌藥長生水德尚黑

冬心先生畫竹題記

饑鳳非竹食不飽予畫竹竹之實歲無所收安得為羽儀者之食也竹之族六十有一而獨盛西南曰箘曰筱曰簬曰筀曰篔簹曰箖箊皆可貌其幽姿者也其他若篦簩之類則不堪寫入豪楮矣宋人有詠竹米詩竹米者竹實也即篠也儋石之儲何人見之所以巢于阿閣者常饑也予之常饑又何怪乎

康熙丁亥予讀書于先師何義門先生家見沈貞吉隱君畫竹小幅翳薈之趣如坐幽谷其父為孟淵處士其子即石田翁也居相城里山輿溪艇非勝流淨

侶弗與遊三世不慕緋紱著簪韋帶皆享耄耋大年
吳中譚往哲者至今稱之今予追想其筆漫然寫此
然不強合其妙耳并題詩曰文洋州世不復有闇助
教近已無聞即今坡老亦疎濶歛袂何人知此君
宋淳熙間省元徐履善墨竹得風作笑之態時時出
紙上雍正壬子王吏部虛舟先生攜觀梁溪聽松盦
中傳聞履殿試日寫新篁于卷尾題云畫竹一竿送
與試官其清狂殊可愛也十餘年來虛舟先生巳歸
道山此畫無存予養疴江上偶作小筆輒一動念履
之畫竹世不恒見視後之夏昶文璧姚綬之徒幾有

清嘉慶種榆仙館刻本

威鳳山雞之喻矣

篧篧竹竿畫以自賞儻逢王方平可贈作垂釣之具上虞江三石頭策策之魚不少釣既不得得亦不賣此逸民中高蹈遺世之人也今有其人吾當友之先民之言曰同能不如獨詣又曰衆毀不如獨賞獨詣可求于己獨賞罕逢其人予於畫竹亦然不趨時流不干名譽叢篁一枝出之靈府清風滿林惟許白練雀飛來相對也

眉山長帽翁畫竹横軸乾隆元年九月曾見于京師一豪家墨腴筆趫有崩雲抉石之勢自屬奇蹟予每

落想摹寫往往來胸中頗有得也若魏國夫人疎篁瘦篠真閨幃間稗物只合配女郎詩耳

予自丁卯歲從江上遷居南城隅種竹無算日夕對之寫其面目若五斛黛在豪楮間煙啼風嬉之態頗謂得之文湖州柯丹丘未嘗知有其人也

五代喻麋内庫紙開軒畫竹雲舒舒莫將蒲葦輕相比此是楊風子草書

古人云怒氣畫竹子有何怒而畫此軍中萬夫也胸次芒角筆底峥嶸試問舌飛霹靂鼻生火者可能亂畫一筆兩筆也

近得一大硯狀貌甚古人皆以為砧娘擣練之石也閉門獨坐畫長竹數竿題以寄遠措句用韻不拘規矩極詩之變吾黨中惟陳楞山厲樊榭丁鈍丁杭堇浦陳竹町頗能賞之五君子亦善斯體之妙者也詩曰此硯一錢雖不直此硯千金卻不易中有海眼疑出泉坐對常想百年前百年前頭誰識得此硯定為空階擣衣石終日摩娑我獨忙抱向孤松松下之高堂畫竹不畫今畫古湘江人愁湘雲苦舊時騷怨渺何許重磨輕煙掃長毫題詩大膽氣益豪豈惜啾啾唶唶聲嘈嘈天風忽爾吹蓬蒿抉皆側望皆汝曹只

合寄與茅山道士勞山樵

鄮道元注水經山陰縣有苦竹里里中生竹竹多繁冗不可芟豈其幽翳殄瘁若斯民之餧也夫山陰比日凋瘵吾友舒明府瞻爲是邑長宜憫其凶而施其灌溉焉予畫此幅冷冷清清付渡江人寄與之霜苞雪翠觸目興感爲何如也

時雨夜過春泥皆潤曉起碧翁忽開霽顏玉版師奮然露頂自林中來白足一雙未礙其行腳也劉宋沈道虔屋後生大笋或竊之乃笑止之曰惜欲令成林更有佳者相與買送此語頗蘊藉也予偶畫竹并畫

迸土䊷纖欲出之狀倘逢朶頤物色人可能從紙上掘去燒之作午食也

前人畫竹鈎勒之妙不名一家有以朱碧渲色為之者亦能品中高藝也予屑喻麋半挺漫然寫意所得在成都大慈寺灌頂院壁上唐張立用筆之法可以想見

冬心先生出遊四十年老且倦矣四十年之中渡揚子過淮陰歷齊魯燕趙而觀帝京自帝京趨嵩洛之晉之秦之粵之閩達彭蠡遵鄂渚汎衡湘灘江閒車之輪舟之楫有時晏坐一室泊如也傔人從者或三

四人或六七人各治其事泓穎取資抑何多焉甬東朱龍善琢硯新安張喜子界烏絲闌會稽鄭小邑兒工鈔書吴趨莊閏郎操縵能理琴曲涇陽蔡春觧歌元白新樂府近來先生僻好畫竹長幅矮卷日竟十數蘭陵陳彭學畫竹可亂先生真嗚呼上世賢哲之士若甯戚將車陳仲子灌園公沙穆賃春司馬相如滌器夏馥為治家庸申屠蟠為漆工闞澤傭書杜廣為廐卒袁宏為富翁運租祁嘉作都養給食吴逵行庖南霽雲為長年操舟陸羽龍盖寺牧牛程賀充眉州廳僕灑掃此身初非有意處于卑賤而不恤也人

清嘉慶種榆仙館刻本

貴乎自立耳自立則其執役不為屈不為辱也下至王褒之髯奴炙酒張志和之漁童捧釣杜甫之阿段伐木楊伯起之阿對種蔬雖後無所顯亦見用于名流而不泯其傳也

予畫竹不畫石石何難乎顏色太古雪作飛白者乃佳若攢苔用雨點皴不屑畫也畫竹宜瘦瘦多壽自然飽風霜耳蒙莊十圍臃腫之樹予覺懶對圖繪恐客嘲賓戲以我為肉食相也

玻道士梅沙彌寫竹一枝極似之不補桃花三兩枝何須貴人題惡詩

一枝新長楚江頭便有煙昏細雨愁若說無心心最苦斑斑湘女暮啼秋此予二十年前題湘陰女子畫竹詩也予近善此製遂轉以自贈白頭潦倒空負青青琅玕之照眼也老醜不嫁意欲何為難免彼姝揜口笑之不止耳

予家書堂前後皆植竹每于雨洗煙開時輒為此君寫照一枝一葉盖不假何郎之粉蕭娘之黛作入時面目也

居無竹食無肉居無竹長俗也食無肉長瘦也是日西廊分種修篁七竿適有客餉豚蹄者予得飽肉坐

竹中居然不俗不瘦之人矣因磨王仲卿墨畫此紙幅蕭蕭秋聲如灌兩耳砌下甘蕉棘毋妬長身君子挺立不屈也

嶰谷風秋柯亭人古信手寫來便是竹譜

此幅墨竹為巢林先生作題詩曰去年新竹種西墻今歲墻陰筍漸長一日生枝三日葉秋來便已蔽斜陽其意未盡又題詩曰明歲滿林筍更稠百千萬竿青不休好似老夫多崛强雪深一丈肯低頭予與巢林俱是鶴髮翁矣當前行樂莫負景光若豫章之木七年成陰者不暇畫之以奉先生也

入秋雨師暴行其政渺渺江湖恍在户庭半月來朝曦夕陽偶見竹影不三日而淋漉之聲又滿耳矣子桑之病杜門嬾出惟有此君知我也寫畢乃作詩二首以寄意焉詩曰一番陰雨一番晴晴不多時雨又傾如此秋光太欺客攜燈畫竹到天明一派叢生苦竹洲枝枝葉葉正凉秋得風恍若作微笑笑我無家人白頭

予遊弁山尋小玲瓏石不得信宿僧寮僧心印乞畫瘦竹一枝長供佛前竹尊者頓開生面矣并題七字古詩曰好遊名山扶一藤林間忽遇長眉僧合掌乞

清嘉慶種榆仙館刻本

畫荊棘荊棘
畫苦寒竹先生近日無他能竹中不復畫荊棘荊棘乃竹之盜賊老來嬾似水牯牛隨意題詩在上頭

風約約雨修修翠袖半濕吹不休竹枝竹枝湘女愁

吴門薄君自昆相見廣陵贈予東魏興和甎硯一枚色澤若幽幽之雲吐巖壑中琢手精奇四周三道墨池深窪真希世物貯硯之器是宋髹漆紋理如牛毛如蛇腹亦可寶也因試其良畫西蜀叢竹長幅報之題云貽我古硯報君新篁此中有渭川之千畝何用洛陽二頃之耕疆

磨墨五升畫此狂竹查查牙牙不肯屈伏天上天下

吾願取一竿贈之不釣陽鱎而釣諸侯也世間有眼大如車輪者定知此意

金陵余綸仿宋本録寫
江氏鶴亭古梅盦藏板

冬心先生畫梅題記

白玉蟾善畫梅梅枝戌削幾類荆棘著花甚繁寒葩凍蕚不知有世上人玉蟾本姓葛名長庚棄家遊海上號海瓊子又號蠙菴武夷散人神霄散吏紫清真人殆乎仙者也昔年曾見其小幅題詩亦清絶令想像為之傾多合處予初號曰冬心先生又號稽留山民曲江外史昔邪居士龍梭僊客百二硯田富翁心出家菴粥飯僧可謂遥遥相契于千載矣惜予客遊無定日在塵埃中羽衣一領何時得遂冲舉也

世傳楊補之畫梅得繁花如簇之妙徽宗題曰邨梅

丁野堂畫梅理宗愛之野堂遂有江路野梅之對二老皆蒙兩朝睿賞而品目之千古藝林侈為美談今予亦作横枝疎影之態何由入　九重而供　御覽也畫畢戲言可發觀者一笑

吾鄉龔御史田居先生家有辛貢粉梅長卷丁處士鈍丁家有王冕紅梅小立幅皆元時高流妙筆予用二老之法畫于一幅中白白朱朱但覺春光滿眉睫間老子於此與不淺也

徑山林道人乞予畫梅寫此寄之并自度新詞書其上三五溪翁謂陳仲父錙巨生諸隐君也

山僧送米乞我墨池遊戲極瘦梅花畫裡酸香香撲鼻松下寄寄寄到冷清清地定笑約溪翁三五看罷汲泉鬬茶器

乾隆丙子初春蛾眉山中精能院漏尊者遣單丁阿鈍持書相訊予作此詩奮之改月仿九里山人畫法畫此長幅又書此詩以寄勝侶茶熟香温時可多物外之賞也

蜀僧書來日之昨先問梅花後問鶴野梅瘦鶴各平安只有老夫病腰腳腰腳不利嘗閉門閉門便是羅浮邨月夜畫梅鶴在側鶴舞一回清人魂畫梅乞米

尋常事那得高流送米至我竟長饑鶴缺粮攜鶴且抱梅花睡冒寒畫得一枝梅卻好鄰僧送米來寄與山中應笑我我如饑鶴立蒼苔

硯水生冰墨半乾畫梅須畫晚來寒樹無醜態香沾袖不愛花人莫與看

吾郡孤山下荒亭之中有梅十數橫斜多態相傳逋僊手植梅花時必吟賞其側今客揚州若號寒之蟲墐户不出追想風格呵凍寫此尚不失其古貌也恨無薛家筆法添畫襹褷六鶴于左右耳

畫梅須有風格風格宜瘦不在肥耳楊補之為華光

和尚入室弟子其瘦處如鷺立寒汀不欲為人作近玩也客窗仿擬以寄勝流

宋蕭太虛冲元觀道士善畫墨梅著花疎秀别出一格康熙丁酉舊里楊工求進士携蕭之小立軸觀于陳楞山玉几山房恍若行行籬落間各題詩一篇後工求領二千石典郡秦中此畫不復再見矣今二君皆下世追想昔日遊處展玩寫此長幅二君無由共賞也不禁憮然

石門僧畫梅吾友丁敬身藏一軸窓萼繁枝孤詣獨絶踵後塵者越城王郎予雪中仿其意尚不至于望

塵不及耳

晨起用杜道士小龍精墨為梅兄寫照

東鄰滿坐管絃鬧西舍終朝車馬喧只有老夫貪午睡梅花開後不開門

野梅如棘滿江津别有風光不受春畫畢自看還自惜問花到底贈何人

畫梅之妙在廣陵得二友焉汪巢林畫繁枝高西唐畫疎枝皆是世上不食煙火人予畫此幅居然不疎不繁之間觀者擬我丁埜堂一流儼如在江路酸香之中也雀查查忽地吹香到我家一枝照眼是雪是

梅花

乾隆元年應舉至都門與徐亮直翰林過張司寇宅司寇出觀趙王孫墨梅小立幅冷香清艷展視撩人大侶予緇塵涴素衣也今二老仙去予亦衰頽追寫寒葩不覺黯然自失恨不令二老見我橫枝滿幅含毫作簡齋詩句一題其上也

宋釋氏澤禪師善畫梅嘗云用心四十年纔能作花圈少圓耳元趙子固亦云濃墨點椒大是難事可見古人不苟敗煤秃管豈肯輕易落于紙上耶予畫梅率意為之每當一圈一點處深領此語之妙以示吾

門諸弟子也
吾家有恥春亭因自稱為恥春翁亭左右前後種老梅三十本每當天寒作雪凍蕊一枝不待東風吹動而吐花也今僑居邗上結想江頭漫寫橫斜小幅未知亭中窺人明月比舊如何須于清夢去時問之
驛路梅花影倒垂離情別緒繫相思故人近日全疎我折一枝兒寄與誰
橫斜梅影古墻西八九分花開巳齊偏是東風多狡獪亂吹亂落亂沾泥
客牕偶見緋梅半樹用玉樓人口脂畫之彼姝曉粧

清嘉慶種榆仙館刻本

毋惱老奴竊其香奩而損其一點紅也不覺失笑水邊林下一兩三株瘦影看來有若無白白朱朱數不盡是花鬚

玉女牕中有人同夢夢在水邊林下此予五年前為華亭沈君沃田畫梅花帳子句也時沈君方納姬金屋有詩紀事朋儕多艷稱之今予用臙脂螺黛寫此小幅復書前詞家有明珠十斛之人者贈之何如

以詩為贄游吾門者有二士焉羅生聘項生均皆習體物之詩聘得予風華七字之長均得予幽微五字之工二生盛年躭吟勿輟無日不追隨杖履執業相

親也二生見予畫又復學之騁放胆作大幹極橫斜之妙均小心作瘦枝畫蕭簡之能可謂氷雪聰明異乎流俗之趨向也今均袖紙一番請予畫暗香疏影圖因就其所欲而畫之天空如洗鷺立寒汀可比擬也

耻春翁畫埜梅無數花枝顛倒開舍南舍北處處石黏苔最難寫天寒欲雪水際小樓臺但見凍禽上下啼香弄影不見有人來

華光長老寫橫枝說與西江癩阿師今日風前呵手畫幾回錯認雪飛時

老梅愈老愈精神水店山樓若有人清到十分寒滿
把始知明月是前身
一枝兩枝橫復斜林下水邊香正奢我亦騎驢孟夫
子不辭風雪為梅花
楊補之甥湯叔雅宋開禧間與弟叔用皆工墨梅各
出新意謂之倒暈花枝時有茅進士汝元亦擅名當
世叔雅畫梅曾見之于吾鄉梁少師薌林家不愧逃
禪叟而叔用及汝元之疎枝瘦萼未嘗覩也今予追
想叔雅之筆寫此一幅泠泠落落大似深山絶粒人
觀者當惜其緇塵滿素衣也

冬心先生雜著 六

清嘉慶種榆仙館刻本

冬心先生畫佛題記

漢明帝時佛從西域雞足山來入中國其教日興後之奉者皆四天下智慧之士下至凶暴之徒未嘗不畏其果報而五體投地也若晉衛協畫七佛圖顧愷之瓦官寺畫維摩詰像前宋陸探微甘露寺畫寶檀菩薩像謝靈運天王堂畫熾光菩薩像梁張僧繇天皇寺畫盧舍那像隋展子虔畫佇立觀音像鄭法士永泰寺畫阿育王像史道顧畫五天羅漢像尉遲跋質那婆羅門畫寶林菩薩像其子乙僧光澤寺畫樂音菩薩像唐閻立本畫思維菩薩像吳道子畫毘盧

遮那佛像盧楞伽畫降靈文殊菩薩像楊廷光畫長
壽佛像翟炎畫釋迦佛像李果奴畫無量壽佛像王
維畫孔雀明王像韓幹畫須菩提像周昉畫如意輪
菩薩像辛澄畫寶生佛像左全畫師子國王菩薩變
像范瓊畫正坐佛圖張南本聖壽寺畫賓頭盧變相
張騰文殊閣下畫報身如來像後梁朱繇畫香花佛
像跋異福光寺畫自在觀音像後晉王仁壽畫彌勒
下生像南唐王齊翰畫辟支佛像前蜀杜子瓌畫侍
香菩薩像杜齯龜畫歡喜國佛像釋貫休畫應梦羅
漢像吳越釋蘊能畫妙聲如來像富玫畫白衣觀音

清嘉慶種榆仙館刻本

像宋石恪畫藥師佛像周文矩畫金光明菩薩像武洞清畫智積菩薩像侯翼畫寶印菩薩像勾龍爽畫普陀水月觀音像李公麟畫長帶觀音像闞仝畫龍寘佛像董源畫定光佛像黃居寀畫著色觀音像梁楷畫化城行化佛像趙廣畫妙光林中披髮觀音像趙伯駒畫拘那舍牟尼佛像釋智什畫白描阿彌陀佛像釋梵隆畫十散聖像歷代畫之今則去古甚遠不可得見惟于著録中想慕而巳余年踰七十世間一切妄念種種不生此身雖屬穢濁然日清齋每當平旦十指新沐熏以妙香執筆敬寫極盡莊嚴尚不

叛乎昔賢遺法也世多善男子願一一貺之永充供養云

十五年前曾為援鶉居士寫金剛經一卷居士刻之棗木精裝千本喜施天下名勝禪林與伐那婆斯尊宿貝葉之書爭光也即外域遐方若高麗若日本若琉球若安南諸國以及小瓊島大西洋皆附海舶遠行散布之地無不知中華有心出家菴粥飯僧之柔翰矣今年又畫佛畫菩薩畫羅漢將俟世之信心敬奉者鋟摹上石一如寫經之流傳云

龍眠居士中歲畫馬墮入惡趣幾乎此身變為滚塵

清嘉慶種榆仙館刻本

矣後遂毀去轉而畫佛懺悔前因年來予亦畫馬四蹄隻影見于夢寐間殊多惘惘從此不復寫衰草斜陽酸嘶之狀也近奉空王自稱心出家菴粥飯僧工寫諸佛墨池龍樹常現智慧雲是日朝曦照户冬氣益清但覺煩悁一瞬頓釋因作香林大自在菩薩端正相以寄長齋之人上池水須汲供之

上世慧業文人奉佛者若何點周顒之流然未能斷葷血而節情慾當時故有周妻何肉之誚也予自先室捐逝潔身獨處舊畜一瘂妾又復遣去今客遊廣陵寄食僧厨積歲清齋日日以菜羹作供其中滋味

亦覺不薄寫經之暇畫佛為事七十衰翁非求福禔但願享此太平飽看江南諸寺門前山色耳

佛之化城城中有無憂林林中有十二種樹龍窠其一也若思維若音樂若如意若菩提若貝多羅若伊那提若寶相人間亦未易覩耳予畫菩薩妙相奇柯異葉以狀莊嚴恍如佛光上下隐現在方寸也古云世無文殊誰能相賞予聞斯語為之興嘆

五代釋貫休天福間蜀主賜紫衣號禪月大師其畫羅漢皆從夢中所見予年十三四時逢上元節隨先處士過長明寺觀真形十六軸隆鼻朶頤龎眉大目

各盡意態雖古縑如漆而精爽突出尺許實通神之筆也後爲彭城李公奪之送入西湖聖因寺供養秀州汪臣乾隆八年重裝予書籤題名世上一切下劣人不得瞻視也今予亦畫羅漢諸佛若有宿因因憶往歲舊事漫記于此云

古佛頌

頌曰七池無狂花雙樹無暴禽中有道場精進林雪山白牛日食草其糞合香爲佛寶以此塗地香不了長者居士與導師各具智慧千人俱多樂少苦功德施童男掃塔復洗塔塔内舍利一百八清淨耳聞諸天樂昔傳佛在師子城說法無量度衆生能

令荊棘柔軟沙礫咸光明

芭蕉佛家稱之為樹以喻巳身要常保堅固也予于

緑天林中畫古佛一軀坐藉忍草耳寂音聞師子城

賔頭盧變相髣髴似之合十敬禮者當具香花作供

五濁不汚自生善心

予年踰七十乃我佛如來最小之弟也唐賈島詩云

得句先呈佛其奉西方聖人可知矣予近畫佛及四

大菩薩十六羅漢諸像亦必施入金繩界地中以充

供養為善之樂與衆共之

有客贈我古紙一番因而畫之客曰先生畫突過虎

頭矣何渾噩之氣滿紙也若縣之香林中豈止得錢百萬耶相對一笑

王右丞室中惟繩床經案而已掃地焚香日飰名僧數輩暇則寫佛其辟支佛圖曾見于揚州北郲巷涂洛水軒後聞歸馬氏嶰谷今不知尚在玲瓏山館耶近予畫沙門妙相兼畫貝多一株無垢之葉非復世間所有銀色雲縷縷然護之合十指爪拜而奉者麗居士其人乎

閉門飽太常齋畫佛一軀意境俱別佛之上下左右草木華滋而含和氣香林異品一一寫之我佛通徹

解悟以廣長舌演諸妙言山中頑石為之點頭信然信然

舊傳顧常侍愷之在瓦官寺畫維摩詰圖觀者千人得錢百萬施留寺中抑何盛歟今予寫長壽佛像于浮玉山禪堂不受一文意欲乞老古錐衣上智珠藏入無縫塔其許我乎

釋迦成道日心出家菴粥飯僧汲菩薩泉新沐指爪以雪山牛頭香熏之執筆敬寫長壽佛一軀于無憂林中與四大天下善男子永充供養云

晨起熏沐畫佛一軀佛著無價衣藉坐樹下其樹周

匝枝葉莊嚴真化城中寶相也觀我畫者擬我以盧
楞迦之流非今五濁人所能為畫畢復演說八十四
字題卷首云菩提樹有淨妙音三株兩株青憎憎此
是佛家無憂林佛坐其下吉祥草耳鼻口舌除熱惱
甘露灌頂若雪澡大地諸光光不生佛一毛孔生光
明盲者忽覩開雙盲優鉢羅花香雨遍能令尋常百
回見誰曰寶山空手轉

富玫吴越時人所畫白衣觀音世代敻遠不可得見
予結想為之上下左右復畫五色雲縷縷不絕真化
城中絪蕴之氣也客過觀而興嘆曰先生畫法全是

六朝神品唐宋間無此奇古唐宋以後何暇論哉予乃荅曰二十年前曾在龍泓居士家覩陸探微佛像故竊其用筆之妙也客去予取其言書于卷軸之上云

清嘉慶種榆仙館刻本

冬心先生自寫真題記

古來寫真在晉則有顧愷之為裴楷圖貌南齊謝赫為漢肅傳神唐王維為孟浩然畫像于刺史亭朱抱一寫張果先生真李放寫香山居士真宋林少藴畫希夷先生華山道中像李士雲畫半山老人騎驢像何充寫東坡居士真張大同寫山谷老人真皆是傳寫家絕藝也未有自為寫真者惟雲笈七籤所載大中年間道士吳某引鏡濡毫自寫其貌予因用水墨白描法自為寫三朝老民七十三歲像遠寄鄉之老友丁鈍丁隐君隐君不見予近五載矣能不思之乎

他日歸江上與隐君杖履相接高吟攬勝驗吾衰容尚不改山林氣象也

宋時有三朶花後仙去能自寫真東坡先生作詩贈之予今年七十三歲矣顧影多慨然之思因亦自寫壽道士小像于尺幅中筆意疎簡勿飾丹青枯藤一枝不失白頭老夫故態也舉付廣陵羅聘聘學詩于予稱入室弟子又愛畫初仿予江路野梅繼又學予人物蕃馬竒樹窠石筆端聰明無毫末之舛焉聘年正富異日舟屐遠遊遇佳山水見非常人聞予名欲識予者當出以示之知予尚在人間也

清嘉慶種榆仙館刻本

宋白玉蟾善畫梅予嘗用其法作橫斜瘦枝玉蟾自寫真予亦自圖形貌不求同其同而相契合于同也寫畢以寄朱君二亭二亭居江都市上日坐肆中與魚鹽屠沽雜處雖劇忙必手一冊書也深夜閉門三更燈火猶琅琅誦讀之聲不輟予目之為南濠都少卿平素與予往還最容禮敬弗倦今携予小像縣之別舍知非漠然視我也其地喧虺苓通穢雜又何礙哉

宋蜀僧元靄以傳神受知于太宗一時輦下王公大夫爭求其筆太宗嘗曰可能寫自形貌乎元靄遂寫

沙門側面小影上嘉獎之河東柳開為之賛予亦自寫昔邪居士半身像但不能傚阿師看人顔色弄粉墨耳圖畢以寄龍興寺蒲長老長老春秋八十八矣神明勿衰聞齒重生髮轉黑舉如嬰兒真雞足山前古尊宿也予今年七十有三尚客廣陵未歸為僧之願未償寄示此軸者要道眼觀我骨相是佛家弟子乎禪林野狐乎不覺掀髯失笑

自寫百二硯田富翁小像畢喈喈申言之富翁者田舍郎之美稱也觀予骨相貧窶安得有此謂乎頓家傳一硯終身筆耘墨耨又遊食四方歲收不薄硯亦

遂多一而十十而百有二矣乃笑顧曰不啻洛陽二頃也署號百二硯田富翁宜哉吾鄰張氏子有先世良田在吴興每歲畜牛四十蹄代耕當秋成望望然黄雲如覆東不三十年鬻于他人何豐腴之不久長耶今将是軸寄與吴處士于何處士開門教授鄉里躬親硯田所獲相較為何如并欲以富翁之名轉贈處士也

十年前卧疾江鄉吾友鄭進士板橋宰濰縣聞予捐世服緦麻設位而哭沈上舍房仲道赴東萊乃云冬心先生雖攖二豎至今無恙也板橋始破涕改容千

里致書慰問予感其生死不渝賦詩報謝之近板橋鮮組予復出遊嘗相見廣陵僧盧子仿昔人自為寫真寄板橋板橋擅墨竹絕似文湖州乞畫一枝洗我滿面塵土可乎

舊傳王右軍嘗臨鏡自寫真不特其書翰為古今絕藝也予臨池清暇亦復自寫面壁圖作物外之想焉山顛水涘若有人招支公一鶴可從我遊乎此幅宜贈棲霞上禪堂松開士縣經龕中定有識我者指曰此心出家盦粥飯僧

項生均初以為友嘗相見于花前酒邊也一日将詩

清嘉慶種榆仙館刻本

代贄執弟子之禮遊吾門乃拜請曰願先生導且教之其為詩簡秀清妙狀其長身如鶴之癯而高出一頭也近學予畫梅梅格戍削中有古意有時為予作暗香疎影之態以應四方求索者雖鑒别若勾處士亦不復辨識非予之殘煤禿管也嗟乎前年得羅生聘今年又得項生共結詩畫之缘也衰聵放廢竊有樂焉世間富貴利達何暇問哉因自寫小像付之要使其知予泠癖之吟寒葩之寄是業之所傳得其人矣

天地之大出門何從隻鶴可隨孤藤可策單舸可乘

片雲可憇若百尺之桐愛其生也不雙秀澤之山望之則巋然特然而一也人之無偶有異乎衆物焉予因自寫枯梅菴主獨立圖當覓寡諧者寄贈之嗚呼寡諧者豈易覯哉予匹影失羣悵悵惘惘不知有誰想世之瞽者喑者聾者癵躄者癲者癩者禿簡者毀面者瘦者癜者拘攣者褰縮者傴　者此中疑有寡諧者在也

冬心先生畫馬題記

乾隆十五年在吳門謝林邨宅見隋朝胡瓌番馬圖骨格雄偉與駑駘有異後郃陽褚峻自九嵕山來携示石刻昭陵六馬慘澹中有古氣非趙王孫三世之用筆也客窗漫爾畫之風鬉霧鬛寫其不受羈紲控御者何從而顧之哉目前無杜二郎咄咄神駿不敢妄求今之詩人品題也

唐賢畫馬世不多見元趙魏公名蹟尚在人間諸儲藏家皆是粉縑長卷馬之羣五五十十自八至百或柳陰晚浴或花底滚塵芳草斜陽中交嘶相囓之狀

也騏驥驊騮未有貌及獨行萬里者予畫非專師愛其神駿偶然圖之昂首空濶伯樂罕逢笑題一詩以寫老懷詩曰撲面風沙行路難昔年曾躡五雲端紅韉今敝雕鞍損不與人騎更好看

凍雨初晴僧階之苔絶鮮客屐因坐庭陰畫此匹馬不嘶不動尾揺風乃于尺幅見之馬乎馬乎舉體無千金之裝皮相者何能估價也擲筆一笑

馬知人意亦回頭唐韋藂句也予笑而測之狹邪者得非張公子杜舍人一流耶晴窗無事畫此春驄行行芳草且少留之衣香鬢影或從生綃中出也并賦

小詩花間酒幔水邊樓嘶處隨郎郊外遊一自玉人
春信杳夕陽西下不回頭
寫此老驥尚有壯心譬之于人不無日暮途窮之嘆
世間罷羸者觀之踖踖然同一傷感乎又題一詩聊
以鮮嘲古戰場中數箭瘢悲凉老馬憶桑乾而今衰
草斜陽裏人作牛羊一例看
予摹唐人畫馬皆畫西域大宛國種用筆雄俊別開
生面而圉夫氷雪在鬢寒磔之態亦復骯髒翔颷怒
號展軸有之恍然置身古骨刺之地也畫畢復題數
行以告世之愛馬者

驕嘶掣影耳生風曉日曈曈正照東誰把傾城與傾國翠蛾紅袖換花驄
龍池三浴歲駸駸長抱馳驅報主心牽向朱門問高價何人一顧值千金
古之相馬者寒風氏相口齒麻朝相頰子女厲相目衛忌相髭許鄙相䯚投伐褐相胸脅管青相膹肳陳悲相股脚秦牙相前贊君相後各有所能未若伯樂具相之全者也設有良驥不但伯樂難逢要求各有所能者亦未易得也予用曹韓畫法畫此一匹所謂若滅若沒之形今之世何人妙鮮而識之哉畫畢為

慨然

馬尾摇風春日暄花前花後杏花繁愛他蹀躞京城裏騎過吾家兩狀元昔貴遊詩云一色杏花紅十里狀元歸去馬如飛誦之殊多艷羨也狀元何足重三年便出一個讀書人個個皆能為之其所以異者要在平生事業不朽耳吾家晜弟掇巍科後著作之編盈尺矣無愧榜頭名也今于畫馬乃戲及之非為馬幸也毷氉秀才毋嗤老夫誇張門庭

秃筆掃驊騮韋偃畫馬之妙也其紅韉覆背圖一軸乾隆元年見之京師王侍郎宅曾題詩左方侍郎逝

後此畫為厮養卒竊去歸之內城賣漿家矣今拈毫追想其意所謂頭一點尾一抹者乃于素縑中摹得之每逢上巳湔羣之日不無有斜陽芳草香輪漸遠之感也

昔聞有良驥服鹽車而上太行漉汚灑地白汗交流中坂遷延負轅不能進伯樂遭之下車攀而哭之觧紵衣幕之驥于是俯而噴仰而鳴以為伯樂知已也今予畫馬蒼蒼凉凉有顧影酸嘶自憐之態其悲跋涉之勞乎世無伯樂即遇其人亦云暮矣吾不欲求知于風塵漠野之間也

世傳韓幹畫馬一日有人詣門自稱冥使請馬爲坐騎公乃畫馬一匹焚之後于寢室見前冥使來謝云關山迢遞賴公無跋踄之苦矣其感名遂若是乎今予寫此頗亦通靈安得有求之者入梦而相告也

予年來畫馬馬皆丈餘雄偉獨大赤喙黑身耳如批竹尾若擁篲所謂騕褭者是也騕褭者神馬也其種出東骨利國一日行千里日食須海上龍芻非沙州飼以茨萁瓜州飼以蕢草西蜀飼以稗草安北飼以沙蓬根針可比惟周官所載古天子十二閑中有之當時曹幹圖寫者殆近是歟

後記

自一九九六年春我獲得第一部金冬心著作清雍正刊《冬心先生集》開始，直至二〇一六年我入藏雍正刊本《冬心齋研銘》爲止，前後二十年間，我先後獲得有關金冬心先生的著作十多種，以刊刻本爲主，間有鈔本和影印本，其中有七種書比較珍貴且稀見。爲此，我們將其按年代先後排列，彙爲一編，彩色影印出版，以供廣大讀者欣賞、參考。這七種書的具體名目如下：

一、《冬心先生集》四卷，清雍正十一年刻本；

二、《冬心齋研銘》一卷，清雍正十一年刻本；

三、《冬心先生畫竹題記》一卷，清乾隆十五年序刻本。

四、《冬心先生續集》二卷，清乾隆十七年刻本；

五、《冬心先生集自度曲》一卷，清乾隆二十五年刻本；

六、《冬心先生續集》，清乾隆三十八年刻本；

七、《冬心先生雜著》，清嘉慶種榆仙館刻本。

上述七部書，傳本稀少，文獻價值、藝術價值皆高，這次影印出版，可以爲書畫藝術愛好者、版本愛好者提供參考。

需要指出的是，還有兩部金冬心的重要著作，由於寒齋沒有入藏，此次未能收録：

一、《冬心先生續集自序》（乾隆）；

二、《冬心先生三體詩》（乾隆）。

有興趣的朋友，可以通過其他途徑，進一步搜尋閱讀。

自一九九六年至二〇一六年，我節衣縮食，孜孜以求，勤於搜討，集腋成裘，終於將冬心先生的大部分著作搜羅入藏，但是個人的研究是很不深入的。所以我想將這些書公之於衆，使更多有能力、有才華的朋友有機會參與研究，也就不枉費我收藏搜討的一片苦心了。

在我搜尋收藏金冬心先生著作的過程中，除了我個人的努力，家人的犧牲，許多書友、朋好也給予了我真誠的大力支持。借此機會，謹嚮他們表示最衷心的感謝，他們是：趙炳才先生、陳東先生、田濤先生、韋力先生、郭蒙先生（排名按得書先後順序）。

這次《小殘卷齋藏珍本冬心先生集七種》之所以能夠結集影印成書，同樣也要感謝各位朋友的無私幫助。首先要感謝劉偉先生首倡此議，並且出資出力，冒著酷暑，聯絡出版社、印廠，親自設計，事無巨細，親力親爲。同時，還要特別感謝南江濤先生、任國輝先生、倪京鳴先生、田井泉先生的鼎力幫助。

孟憲鈞

二〇二〇年六月十六日

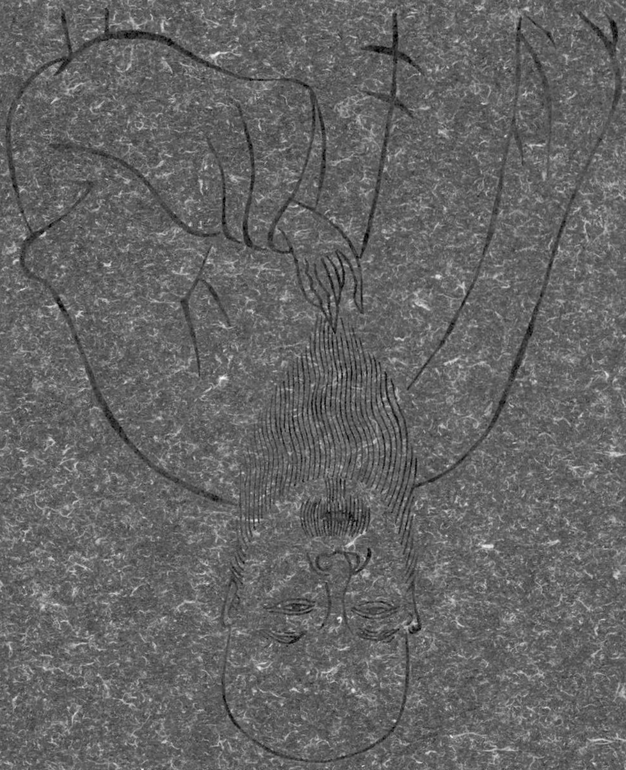

小殘卷齋藏珍本

冬心先生集七種

（上）

孟憲鈞 編

國家圖書館出版社

圖書在版編目（CIP）數據

小殘卷齋藏珍本冬心先生集七種：全二册 / 孟憲鈞編．—北京：國家圖書館出版社，2020.7
ISBN 978-7-5013-7021-4

Ⅰ．①小…　Ⅱ．①孟…　Ⅲ．①中國文學－古典文學－作品綜合集－清代　Ⅳ．①I214.92

中國版本圖書館 CIP 數據核字（2020）第 117191 號

書　　名　小殘卷齋藏珍本冬心先生集七種（全二册）
著　　者　孟憲鈞　編
策　　劃　湖西草堂　谷田美術館　中貿聖佳國際拍賣有限公司
責任編輯　南江濤
封面設計　徐新狀

出版發行　國家圖書館出版社（北京市西城區文津街 7 號 100034）
（原書目文獻出版社　北京圖書館出版社）
010-66114536　63802249　nlcpress@nlc.cn（郵購）
網　　址　http://www.nlcpress.com
印　　裝　北京金康利印刷有限公司
版次印次　2020 年 7 月第 1 版　2020 年 7 月第 1 次印刷

開　　本　710 × 1000（毫米）　1/16
印　　張　34
書　　號　ISBN 978-7-5013-7021-4
定　　價　580.00 圓

代序

——金冬心著作版本知見録

金冬心是清代傑出的書畫家。金冬心，原名金農，字壽門，又字司農，其一生所用别號甚多，主要有冬心先生、稽留山民、曲江外史、昔耶居士、龍梭仙客、金吉金、金二十六郎、百二硯田富翁等等。浙江仁和（治今杭州）人。金農生於康熙二十六年（一六八七），卒於乾隆二十八年（一七六三），享年七十七歲。一生經歷康熙、雍正、乾隆三朝，不屑仕進，終身布衣，因其流寓揚州多年，與同時的書畫家羅兩峰、鄭板橋、高南阜等并稱爲『揚州八怪』。金冬心善書法，尤精隸、楷。隸書以古拙樸厚見長，楷書頗多隸書遺意，因自創一格，號曰『漆書』，與鄭板橋的『六分半書』并稱於時。金冬心亦邃於金石篆刻之學。而其以繪畫著稱於世，則始於中年以後，善寫竹、梅、鞍馬、佛像、人物、山水等，筆墨古拙而造意新奇，能突破傳統藩籬，另闢蹊徑，形成獨特鮮明的個人風格。這些對當時和後世的畫壇影響巨大，近百年來有成就的大家如趙之謙、吴昌碩、齊白石等無不受到他的影響和啓發。

金冬心不僅享譽畫壇，他的詩文作品在思想性和藝術性上也取得了很高的成就。他所作詩歌、自度曲、繪畫題記、雜文隨筆、研銘印跋等，無不出語新奇、個性鮮明。或直抒胸臆，或宣泄情懷，真摯地反映了作者的思想感情，一些作品還積極地直接地反映了當時的社會現實。金冬心的詩文作品，也如同他的書畫作品一樣，受到後世的關注與喜愛。特别是他著作的早期版本，更是受到收藏家和版本學者的青睞。

多年來，我也因喜愛和留意冬心先生的著作，久而久之，不無所獲；現將所得所知、所見所聞寫出來與同好切磋，謬誤之處，敬祈方家指正。

一、冬心先生集

《冬心先生集》四卷，清雍正十一年（一七三三）刊於揚州。

此集依創作年代先後編排，收録冬心先生自康熙五十五年（一七一六）至雍正十一年的詩作三百六十多首，是金冬心最具代表性的著作。

卷前依次爲書名葉『冬心先生集』楷書五字、冬心先生雍正十一年十月自序一篇、冬心先生木刻小像一幅。小像右上篆書一行『冬心先生四十七歲小像』，左下爲隸書『廣陵高翔寫』。小像神態自若，栩栩如生，以後很多書中所收冬心先生像，皆摹刻於此。小像背面爲像贊，文曰：『堯之外臣漢逸民，蓍簪韋帶不諱貧，疏髯高顴全天真，半生舟楫蹄與輪，詩名到處傳千春。』寥寥數語，高度概括了金農的一生事迹和成就，非摯友真知絶不能爲。款署『蒲州劉仲益題』。劉仲益，山西蒲州人，冬心先生摯友。《冬心先生集》卷三就有《蒲州高士仲益隱居不仕，時時斷炊，作詩慰之二首》，詩云：『林藪惟知味道腴，長貧何用計華枯。解嘲却笑丹陽尹，一斛檳榔消食無。』『我亦枵然人外閑，饑腸時復破天慳。采薇歌罷鉤簾坐，飽看君家雷首山。』於此可見二人交誼之一斑。

值得注意的是，劉仲益這一像贊并非每部書都有，寒齋所藏一部《冬心先生集》以及北京市拍賣場上所見，均衹有小像而無像贊。故『像贊』究竟是初印本所無，後印本增補，還是初印本所有，後印本鏟去，還是一個待解之謎。

《冬心先生集》每半葉十行，行十八字，白口，左右雙邊。全書四卷，每卷之末有篆書雙行牌記『雍正癸丑十月開雕於廣陵般若庵』。最後一卷末有『吴郡鄧弘文仿宋本字畫録寫』楷書一行。全書爲仿宋字體，氣勢磅礴，是清代寫刻本中的代表性作品，堪稱私家刻書之白眉。鄧弘文録寫，這一信息極爲重要，過去許多教科書和著述中多誤將《冬心先生集》歸之於金農手寫上版。最早誤稱《冬心先生集》是金農自己手寫上版的是葉德輝的《書林清話》。那是因爲詩集書法精湛，字體古樸大氣，所以葉氏未察原出，想當然認爲是冬心先生手寫上版，實際上是以訛傳訛并無實據的。與《冬心先生集》年代相仿、刊刻風格相近的書也還有小玲瓏山館本《韓文類譜》、詩鼎齋本《淳化秘閣法帖考證》等，但名氣却要比《冬心先生集》遜色許多。《韓文類譜》爲清雍正己酉（一七二九）八月馬氏小玲瓏山館依宋本校刊。其刻工爲吴郡李士芳。李士芳是清初著名刻工，曾刊刻碧筠草堂本《笠澤叢書》、薛雪《報珠軒詩存》等名書。説起刻工，《冬心先生集》上也有明確記録，不過此前未曾引起人們注意而已。黄裳先生曾記《冬心先生集》刻工爲六人，據筆者所查《冬心先生集》第一卷刻工爲『姜林伯』；第二卷刻工爲『孟子衡、張登榮』；第三卷刻工爲『穆泗傳、穆弘圖』；第四卷刻工爲『姜鵬九、耿相巨』。故全書刻工共計七名，這一記録，足以填補清代版刻刻工録的缺失。

黄裳先生是清刻版本研究的大家，對冬心先生及其著作研究頗深，在其不同的文章中，多次談及金冬心的各種著作并且曾經輯有冬心先生年譜稿。我之留心冬心先生集，也是受到黄先生的影響和啓發。黄裳先生在《翠墨集》的《關於金冬心》一文中曾説：『多年來我搜集冬心集，衹偶然得到過一册四卷本的《冬心先生集》，是雍正刻本。詩，如上所説，我是不懂的，但那刻工却精絶，大字寫刻，每卷後都有「雍正幾年開雕於廣陵般若庵」的篆書雙行牌記。前有小像，出高翔手，也是「八怪」之一。這書是竹紙印的，已經明麗非常。』與黄先生相比，我似乎更幸運一些。寒齋所藏《冬心先生集》，竟是開化紙印的，精刻初印，書品寬大，真所謂紙白如玉，墨凝如漆，見之令人賞心悦目。全書二册，藍綾封面，原裝舊函，保存完好，品相極佳。歷經名人遞藏，書中藏印纍纍，計有『南阜』『鳳翰』『滌盦藏書之印』『張鹿卿鑒藏印』『貴陽趙氏壽華軒藏』『王力存書』『王力之印』『釣魚臺秀才』等。卷四末有嘉慶時六琴居士題跋一則，詳細記録得書始末。文曰：『嘉慶己巳（十四年，一八〇九），在揚州得先生三體詩、續集詩序二刻。愛其詩文，而刻槧復精絶，因合裝藏玩。兹於膠西故士人家無意又睹此本，首有高西園鳳翰私印，朱色粲然。高客南中，與先生同時，必其北還携歸之物。其家漫不省，遂以千錢獲之。第不知何年再得續集而詫延津之合也。戊寅（二十三年，一八一八）初伏日六琴居士記。』下鈐『張禄卿』朱方小印。這真是一段有關《冬心先生集》的書話掌故。此書有幸歸於寒齋，而其《冬心先生三體詩》《冬心先生續集自序》合裝本則不知流落何所，百年之後，令人懸想不已。

因爲《冬心先生集》是清代名集，故二十世紀七十年代末，上海古籍出版社影印《清人别集叢刊》時，曾經將其收入，底本用的是南京圖書館收藏的雍正原刊本。據南京圖書館沈燮元先生見告，該書是他經手入藏南圖的。二十世紀五十年代初，他在上海福州路古籍書店（當時書店名稱我忘記了）訪得這部《冬心先生集》時，僅僅用了八元錢。可見當時清刻本真是無人問津，賤若泥沙啊！與此形成鮮明對照的是，在二〇〇六年中國書店海王村書刊資料拍賣會上，一部雍正原刊本的《冬心先生集》二册竟拍出了十六萬元的高價。二者相較，真是天壤之别，不能不令人百感交集，慨歎唏嘘。

二、冬心齋研銘

《冬心齋研銘》一書爲雍正刊本。其版式行款與《冬心先生集》完全一樣，每半葉十行，行十八字，白口，左右雙邊。字體古樸大氣，頗類宋版。冬心先生研銘自序寫於『雍正十一年歲在癸丑嘉平望日』，即一七三三年十二月十五日。書後有『吴郡鄧弘文仿宋本字畫録寫』一行，與《冬心先生集》乃同一人手寫上版，雖未注明刻工姓名與刊刻時間，但冬心先生序言裏透露出此書晚於《冬心先生集》一個月，可見二書是同一時間作品。

一九七九年，上海古籍出版社影印《清人别集叢刊》，其《冬心先生集》所用底本即南京圖書館藏本，前已述及。其《冬心齋研銘》所用底本，就是國家圖書館藏本，書上鈐有『積學齋徐乃昌藏書』『長樂鄭振鐸西諦藏書』二印，可窺知遞藏經過。或即黄裳先生所記上海來青閣爲鄭振鐸先生諸書之一。

近年來拍賣市場上也曾出現過《冬心齋研銘》，舊紙精印，戔戔小册，總共不過十多葉，竟拍出五十多萬的高價，真是令人匪夷所思。不過也反映出該書的稀少罕見和藝術魅力。

冬心先生在《研銘》序中論述了個人喜愛收藏研臺、製作書寫研銘的經過。他説：『文章之體不一，銘爲最古。』『銘研其一也，自帝鴻氏墨海有製，沿及李唐以來，研之産不一地，形不一式，藏不一人，衍石墨相著而黒之語爲銘者不一家，豈不以文房之用，畢世相守。尊如嚴師，密如摯友，寶如球璧琬琰，護如頭目腦髓者，惟研爲然。』『予平昔無他嗜好，惟與研爲侶，貧不能致，必至損衣縮食以迎來之。自謂合乎歲寒不渝之盟焉。』『予夙有金石文字之癖……石文自五鳳石刻下於漢唐八分之流别心慕手追，私謂得其神骨，不減李潮一字百金也。研正石類，銘成，輒以八分書之。』

研臺作爲文房四寶之一，深得文人喜愛。古人製作研銘是有傳統的，但是將研銘彙集起來輯印成册，似乎當自冬心先生始。《冬心齋研銘》輯録自作研銘九十七則，皆言簡意賅，文辭優美，寓意深刻，對後世影響巨大。我們試從《研銘》中摘録幾則，與讀者共同欣賞：

《草書大研銘》

榴皮作字苕帚書，仙人遊戲信有之。

磨墨一斗丈六紙，狂草須讓楊風子。

《樊榭山民填詞研銘》
紅絲研，鏡奩藏。墨一螺，譜樂章。
井華清，甘且香。争歌之，柳七郎。

《宋謝幼槃研銘》
江西詩社多逸民，廿五人中十九人。
謝家小弟才清真，竹友之集七卷新。
席有斯研方瓊珉，明窗虛幌無凝塵，筆畫如燒開千春。

近年來，幸蒙友人見讓，寒齋也獲得一部《冬心先生研銘》，舊紙精印，雖略有蟲蝕之葉，但幸未傷字，且已倩良工補好。書中鈐印多方，其中比較顯赫的三方是『皇六子章』『珊瑚閣珍藏印』『克羅崇恩審定』。

按『皇六子』即愛新覺羅·永瑢（一七四三—一七九〇），號九思主人，清朝宗室大臣，乾隆皇帝第六子。乾隆二十四年，出繼慎靖郡王允禧，封貝勒，管理内務府，充《四庫全書》總裁，監管欽天監事務。工詩擅畫，富於收藏。有《九思堂詩抄》傳世。

珊瑚閣主人，據載清代著名詞人納蘭性德齋號稱『珊瑚閣』，然其卒於康熙三十年之前，已不可能見到雍正十一年所刊行之《冬心齋研銘》。故此『珊瑚閣』當另有其人。萬齡（一七四八—一八一六），齋號亦名『珊瑚閣』，清漢軍正黄旗人，張氏，字菊溪。乾隆進士，授翰林院編修。素有才名。乾隆末，官至御史。也是一位地位顯赫的皇親貴戚。

第三位，崇恩（一八〇三—一八七八），覺羅氏，字仰之、禹舲、語舲、雨舲，别號香南居士、敔翁、語鈴道人，室名壺青閣、香南精舍等。滿洲正紅旗人，係清皇室。歷仕道光、咸豐、同治三朝。富收藏，擅書法。最著名的收藏是『墨皇本』《聖教序》，現藏天津藝術博物館。著有《香南居士集》《香南精舍金石契》等。

一書而迭經三位皇親貴戚所遞藏，足見其身價之高。冬心先生以一介平民之身，取得如此卓越的藝術成就，既贏得了身後三百年來人民大衆的喜愛和尊崇，也折服了那些所謂血統高貴的皇親貴戚的傲慢之心。

三、冬心先生續集自序

此書極罕見，知國家圖書館有藏。其他平生僅見兩次。

一爲一九九七年上海朵雲軒春季古籍拍賣會。原書一函，一册，舊紙摹印，金鑲玉裝，成書尺寸爲高二十八點五厘米，寬十三點五厘米。大字寫刻，版式鮮見。每半葉四行，行十二字，白口，左右雙邊。

此書僅刻《冬心先生續集》的自序，全文不到二千字。序文作於乾隆十七年（一七五二），冬心先生時年六十六歲。序文詳述冬心先生自康熙癸未（一七〇三）十七歲開始學習聲韻之學，直至一生與毛奇齡、何義門、朱彝尊、趙秋谷、張得天等近二十位前輩、師友學習、交往、唱和的故事。文字生動，感情真摯。序文最後，冬心先生深情地感歎：『嗚呼！諸公先後奄逝，墓木俱拱，予亦年將七十矣，追念長者之言，不勝慚汗，被於額頰。予編纘續集上下卷成，因抒往事，述之簡端。』

序文由冬心先生好友、『西泠八家』之首的丁敬手寫上版，并作跋文，詳述書寫緣起。跋文曰：『今春人日，髯（指冬心）來請曰：「予將開雕續集，先雕此序，君書足張我軍，請勿憚指腕之勞也。」嗟乎！予愛髯詩，未後諸老，往往能舉其全篇，尤愛其七字四句之作，以爲風調頓挫，别擅酸鹽，三唐以還，無是作矣。然有予甚喜者，顧不見集中，何耶？每欲手鈔其七言絶句，都爲一卷，時得披詠，會阻多病。今其請勤勤，予何可辭？』『日來風雨經旬，頗多暇逸，因滌南唐所琢羊門嶺石研，試品陽子天關煤，爲録竟此序，計一千三百六十有四字云。』款署『乾隆十八年歲次癸酉春三月望日，同里友弟丁敬身并記於研林』。

當歸草堂本《自序》後有編訂者魏錫曾的一則按語，按語云：『按續集世未傳播，嘗於吳興書船見先生自書此序，楷隸小册，審爲真迹。後得刻本，乃丁先生書，末署山陰陳又民刻字。小板，狹行，刊印極精。里後學魏錫曾識。』由此可知，《續集自序》除丁敬手寫上版的刻本之外，還另有一部冬心先生親筆手書的『楷隸小册』，惜不知三百年來尚在人間否？

朵雲軒推出的這部乾隆原刊本《冬心先生續集自序》不僅書寫、刊刻、裝幀樣樣俱精，而且流傳有緒。書中扉頁簽題『冬心先生續集自序』隸書一行，署款爲『道光戊申秋仲次閑趙之琛』。趙之琛，字次閑，號獻父，浙江錢塘（今杭州）人。清代著名書法篆刻家，『西泠八家』之一，有《補羅迦室印譜》行世。書末有題記一則：『越一百七十五年丁卯同里丁輔之得於海上。』下鈐『丁輔之』『鶴廬』『曾藏丁輔之處』等印。丁仁，字輔之，號鶴廬，西泠印社創始人之一，工書法，精篆刻，善繪畫。另一則題記出自吳徵，文爲『丙戌良月劉君作彝持贈，抱鋗』。吳徵，字待秋，號抱鋗居士，海上著名畫家，與吳湖帆、吳子深、馮超然等并稱『三吳一馮』。此外，書中還有光緒辛巳九月儀徵汪鋆的觀款。汪鋆，字研山，江蘇儀徵人，工詩，邃於金石之學，著有《十二研齋金石過眼録》。

此書本身就是藝術精品，又歷經名人遞藏題識，更增加了它的文化内涵和附加值。難怪此書當時就以九萬八千元的高價拍出，創造了當年清刻單本書價的最高紀録。

二爲二〇〇〇年春，常熟翁氏藏書回歸祖國。我有幸親眼目睹全部八十種藏書，其中竟然也有《冬心先生續集自序》一册。在懷著敬畏的心情瞻仰了那些價值連城的宋元舊本的同時，我特意細細摩挲了這部我情有獨鍾的清刻善本。原書爲藏經紙刷印，記得好像已改爲經折裝了，乃清末著名藏書家潘祖蔭饋贈翁同龢之禮物，書中有翁同龢的親筆題記。名書又經名家收藏題跋，真是令人歎爲觀止。

《冬心先生續集自序》一書，久已享譽藝林，清人徐康（子晋）在其《前塵夢影録》中最早提及此書：『舊藏冬心翁著作最備，其自序一卷，用宋紙方程古墨輕煤研印，每半葉四行，行二十餘或十餘字，丁鈍丁手書精刻。古香古色，不下宋槧。雖在燈下讀之，墨采亦奕奕動人。餘如三體詩、畫竹，畫梅，畫馬，自寫真，畫佛，共題記五種，皆以宋紅筋羅文箋研印。詩集、續集、研銘，用宣紙古墨刷印，皆墨箋作護面，狹簽條。所未見者，自度曲一卷而已。』每讀此文，不禁令人神往。黄裳先生在《翠墨集》中又興致盎然地提到《續集自序》等書。黄先生説『一九五四年頃，鄭西諦南遊，舊書店紛紛搜羅一些書給他看，我在「來青閣」中見到冬心著作數種，一起有五六册，那真是見之眼明，本子大小不一，却都祇是薄薄一册，記得有的還是羅紋紙印的。雕刻之工，在清刻中可以説是無與倫比的。墨色之佳，使人驚心眩目，如對宋人法書，每種都有冬心自用印記，名目記不得了。大約是「冬心先生續集自序」「冬心先生三體詩」和「畫竹題記」等吧。因爲是給鄭先生留的，所以未能買得，多年來一直不能去懷』。在《前塵夢影新録》中，黄先生再次提到此事，『丙申夏日，於來青閣見冬心集四五種，有《三體詩》，有《畫竹題記》，有《續集自序》，皆精絶。有舊羅紋箋印者，云是程守中物，已售與西諦，不能奪也。摩挲移晷而罷。此皆中華文物之精英也』。其依依之情，躍然紙上。其實，對於這樣的古籍善本中的精英、絶品，并非是每一個愛書人都有機會得到的。能夠親眼目睹，親手摩挲一番，也算是一種難得的緣份了。

四、冬心先生續集二種

寒齋藏《冬心先生續集》有兩種版本。第一種絶稀見，至今未見著録。上、下卷各一册。上卷前有冬心先生乾隆十七年（一七五二）自序一篇，文字與《續集自序》全同。書首葉署『杭郡金吉金壽門著』『古歙門人羅聘兩峰編輯』。據此可知《冬心續集》是由冬心弟子羅聘整理編輯、董理付印的。

書爲白紙初印，金鑲玉裝，每半葉八行，行十八字，細黑口，左右雙邊。行款格式與《冬心先生自度曲》全同。《冬心先生自度曲》的年代，據冬心先生的自序，《北京圖書館古籍善本書目》著録爲乾隆二十五年（一七六〇）。此書刊刻風格和《自度曲》相同，行款一致。故《續集》應定爲乾隆刻本。可以稱之爲乾隆十七年序刊本。

乾隆十七年序刊本《續集》刊刻風格頗類似於羅聘自己的詩集《香葉草堂詩存》。《詩存》刊刻於嘉慶元年（一七九六），時代相隔不遠，惟行款不同，每半葉九行，行十六字，白口，四周單邊。寒齋也幸獲一册，還是黄裳先生的舊藏。

《冬心先生續集》還另有一個乾隆刻本，傳本也頗稀少。據《清人别集總目》著録，僅上海復旦大學圖書館等單位有藏。起初，我未得見此書，承蒙復旦大學王亮先生見寄書影首葉，得窺一斑。一年後，有幸訪得原書一部。書爲白紙印，不分卷，有乾隆十七年冬心先生自序，十八年丁敬序，三十八年羅聘序。羅序云：

冬心先生既編其詩爲《冬心先生集》後，復編《續集》一卷，因次其生平遊歷交遊，愴然於知己之感。其序久已行世，詩卷留枕篋中，摩挲永日，意有出入，即爲刊落，秘惜過情，聘所及見。癸未秋，先生没於揚州佛舍，書策琴瑟，几杖器服，百年之聚，浩然雲散，此卷亦已泯焉。精光靈氣，猝歸槁壤，可爲隕涕。聘浮生飄泊，舊學漸忘，將恐日月奄多，遺澤無復可識。於是經年求訪，倚席之講授，好事長者藏弆，酒亭佛寺之壁，蠟車覆瓿之餘，於塵蘚垢蝕，縑素凋裂間，尋循點畫，指定擬擬，至於忘食廢事，厘爲一卷。仍其原序，以終先生之志。先生既編《續集》，十年而歿。今又十年矣，遺文故物，與人俱盡，徒使白頭弟子，掇拾於百一，哲人之愁，將何窮已！先生詩清音促節，况諸幽澗之水。此則出峽以後，縈草赴石，纔迤演自得之概。乾隆三十八年十二月十六日，門人羅聘謹題於津門客舍。

羅聘此序，文情并茂，備述《續集》成書經過，并明載刻書時間爲乾隆三十八年（一七七三），即冬心先生逝世十周年之後。

以乾隆三十八年刊本與乾隆十七年序刊本初步校勘一過，發現兩書有諸多不同之處。最明顯的有四點：

（一）分卷不同

乾隆十七年序刊本分爲二卷。冬心先生自序稱『予編纘續集上下卷成』。原書與原序一致。而乾隆三十八年本則不分卷。羅聘在序言中也稱『忘食廢事，厘爲一卷』。可見二書明顯不同。

（二）署名不同

乾隆十七年序刊本署名爲『杭郡金吉金壽門著』『古鉌門人羅聘兩峰編輯』。著者、編者分列。乾隆三十八年本署名僅有『門人揚州羅聘編』，而無任何金冬心著的字樣。既然同爲羅聘所編，二者何以如此不同，令人費解。

（三）行款不同

乾隆十七年序刊本，每半葉八行，行十八字，細黑口，左右雙邊，行款與《冬心先生自度曲》全同。乾隆三十八年刊本的行款爲每半葉十二行，每行二十四字，四周單邊，其首葉爲黑口，其餘均爲白口。書口特點明顯。一經對比，二者行款區别顯然。

（四）篇目和文字不同

得到乾隆三十八年刊本之後，遂將兩書粗校一過，發現兩書所收詩篇目不同、次序不同、文字不同之處頗多。限於篇幅，恕不一一列舉了。

由此得出一點體會，版本之學是一門實踐性很强的學問，須廣收并儲副本、异本，盡可能占有資料，以資校勘，纔能發現問題，解决問題。盡信前人之書，并不可靠。正如古人所説『紙上得來終覺淺，絶知此事要躬行』。

五、冬心先生三體詩

衆所周知，金冬心著作的早期版本，如《冬心先生集》《冬心齋研銘》《冬心先生續集》《冬心先生自度曲》《冬心先生畫竹題記》等皆罕遇難求。但我十分幸運，皆有藏。惟獨乾隆刻本《冬心先生三體詩》却一直未能入手。據《北京圖書館古籍善本書目》著録，國圖藏有兩部，一爲吴昌綬舊藏，一爲鄭振鐸先生舊藏，均爲乾隆原刻本。近日承蒙國家圖書館善本部諸位朋友的大力支持，始得識廬山真面目。

現以國家圖書館本爲例，介紹如下：

《冬心先生三體詩》一册，竹紙，成書尺寸爲高二十五點五厘米、寬十四點五厘米。每半葉十行，每行十八字，白口，左右雙邊。全書大字仿宋書寫，刊刻風格、文字行款與《冬心先生畫竹題記》完全一樣。全書衹有薄薄的十幾葉，依次爲金氏自序、冬心先生小像（題辭）、三體詩正文。書後有『金陵湯鳳録寫、劉之科刻』款識一行。手寫上版者確實與《畫竹題記》的寫手爲同一人，即南京人湯鳳，難怪二書風格如出一轍。衹是刻字工人由杜爾儒换作劉之科了。可惜在封建社會刻工地位低下，劉氏生平事迹無從考查了。

《三體詩》的自序寫得有情有致，妙趣横生。冬心先生借一盲一聾兩位老友的感受，來反襯自己詩作的高古絶俗。序曰：

乾隆壬申初春，春雪盈尺，濕突失炊。予抱子影，坐昔邪之廬，撿理三體詩九十九首。三體乃五、六、七絶句作一題者，唐宋諸賢有之，予摇筆不休，可謂轢轢古人矣。是日，汪隱君巢林著屐扶短童相訪，云：『衰齡忽爾喪明，然無所痛惜，從此不復見碌碌尋常人，覺可喜也。』又云：『先生何所爲？』予答以手録三體詩，將鋟木，寄示四方交遊。巢林又云：『先生詩奇异，獨詣不求同，能弃衆人之所收，收衆人之所弃，似謡似歌，得古樂府遺意。驟讀之，句棘撟舌，再讀之，合規中榘。吾雖目盲，心頗能賞之，恐世間眼大如車輪者，未必知先生之妙也。』一笑，别去。詰朝，舊友陸竹民從楚州來揚州，叩門造請，自言兩耳閉窒，床下蟻鬥不聞者經年。問予：『三體詩曾付剞劂氏否？』予以指畫紙而告之。竹民曰：『吾之聾，滛哇之音充塞於耳也，吾之聾，奸吝之聲洋溢於耳也。若先生詩，試爲吾誦之，清清然，泠泠然，恍飛空中泉，恍吹松間風，吾傾耳而聽，耳則豁焉開通，便如飲治聾之酒矣。他人耳雖聰，不過箏琶之悦，烏能愛聆先生高唱入雲也。』二老與予，締交已近三紀，論議特出，迥非凡流，真有道之士耶！因記其言以當詩序云。

乾隆壬申，即乾隆十七年，與撰寫《續集自序》爲同一年。是年冬心先生六十五歲。冬心先生在序中明言《三體詩》共收詩九十九首。三體者實即三十三題。例如《江君鶴亭在燕市購得古槧本書數萬卷，載之榼櫝以歸，作詩美之》一題，包含五、六、七言絶句各一首：『聞君遊天家，買得書一車。好書如好色，非章臺狹邪。』『池北可充列庫，藤陰定貯閑廳。抽卷百回百讀，翠娥隔繡簾聽。』『三豖渡河事頗誕，古蟫食字仙何靈。不爲捭闔欺人語，安問趙蕤長短經。』三首句式不同的絶句圍繞同一主題展開，可以更加細緻入微地描摹情景，可以淋漓盡致地抒發情懷。據冬心先生自稱，此體唐宋諸賢早已有之，祇不過自己『摇筆不休』，已經超邁前賢，『輘轢古人矣』。

《冬心先生三體詩》前的小像也頗爲引人注目。小像畫冬心先生左手拈鬚，一幅神態自若的樣子。畫面右上篆書六字『冬心先生小像』，左下有隸書『廣陵高翔寫』五字。畫像背面有新安方輔題、嘉定楊謙篆書的題辭，文字內容與《冬心先生畫竹題記》全同。初看小像似乎與《冬心先生集》小像相同，仔細一看，二者有明顯不同。《冬心先生集》小像有『四十七歲』字樣，《冬心先生三體詩》無之，《冬心先生集》題辭者爲劉仲益，《冬心先生三體詩》題辭者爲方輔，書寫者爲楊謙，題辭内容也不相同。二者顯然不是同一版片。《冬心先生三體詩》小像、題辭者、題辭内容與《冬心先生畫竹題記》幾乎完全一樣，雕版時間又極爲相近。《冬心先生畫竹題記》序刊於乾隆十五年，《冬心先生三體詩》序刊於乾隆十七年，兩書小像用同一版片摹印，并非没有可能。

從國家圖書館鄭振鐸藏本《冬心先生三體詩》的收藏印記，也可以約略窺測出該書流傳遞藏的端緒。書上除了朱文『北京圖書館藏書』印記之外，還有『子秋所藏』（朱方）、『小天籟閣主人』（白長方）、『積學齋徐乃昌藏書』（朱長方）、『徐乃昌馬韻芬夫婦印』（朱方）、『長樂鄭西諦藏書』（朱方）、『長樂鄭氏藏書之印』（朱長方）等印記。顯然這是一部流傳有緒的善本。前二方印時間略早，暫且無考。後面南陵徐乃昌、長樂鄭振鐸都是近現代著名的大藏書家。如果推測不錯的話，這部《冬心先生三體詩》就是前面曾經提到的一九五四年上海來青閣書店爲西諦先生南下準備的冬心先生著作之一。

六、冬心先生畫竹題記

《冬心先生畫竹題記》一卷，乾隆刻本。每半葉十行，行十八字，白口，左右雙邊。大字仿宋，書寫刊刻風格，絶似《冬心先生集》。但寫手刻工却與《詩集》不同，書末有『金陵湯鳳仿宋本字畫録寫』楷書一行，書口上有刻工『杜爾儒刻』的字樣。

如前所説，冬心先生不僅是著名的書畫家，而且他的詩作、題記、雜文也頗具特色，深受人們喜愛。他的種種著作，多摹印精工，裝幀考究，被後人視爲文房珍品，惟傳本皆稀少。即以《冬心先生畫竹題記》而論，國家圖書館、中國文化遺産研究院、北京市文物局等單位有收藏。私人藏有此書的，僅知有黄裳先生。黄先生在《銀魚集·姑蘇訪書記》裏記録了這本書。黄氏文字流暢，意味雋永，兹抄録如下，以饗讀者：

記得去年，我還在這裏（指蘇州古舊書店）得到過一本乾隆原刻的《冬心先生畫竹題記》，總共不過十來葉，可是用的是舊紙，大字仿宋寫刻，墨光如漆，前面還有一張高翔畫的金農的小像，用的是雍正中刻《冬心先生詩集》前小像的舊板，不過後面的題贊却换了方輔題、楊謙寫的篆書。關於冬心自刻書的紙墨之精，徐康在《前塵夢影録》裏曾經講起過。他説，這種自刻書用的是宋紙，印刷用墨取的是搗碎了的晚明清初佳墨碎塊。在中國雕版印刷史上可以算得是非常突出的精製品，這就從一個側面反映了清初經過百十年安定休息，經濟上升，文化繁榮的面貌。《畫竹題記》的用紙，是一種深黄色極厚實的竹紙，簾紋很細，還夾雜著一些未能溶解的植物纖維，是一種較粗的古紙。我不敢斷定這是否宋紙，但和宋代印刷佛經的用紙是相近的。

幸運的是寒齋也藏有一部《冬心先生畫竹題記》，該書原函舊裝一册，全書連同序言、小像總共祇有二十葉。正文之前有金農的自序和小像。自序寫於乾隆十五年（一七五〇），款署『乾隆上章敦牂九月九日』，『上章敦牂』即乾隆庚午年。序後爲『冬心先生小像』，署款爲『廣陵高翔寫』，初看頗似《冬心先生集》的小像。然而細看却非舊板重用，二者有細微差别，應是《詩集》小像的摹本。像後的題贊也非蒲州劉仲益所作，而是换成了新安方輔題、嘉定楊謙用篆書書寫的像贊。文爲『邢居士，秦山人，頭如雪，衣少塵，七十翁，天與親，日苦吟，生冷症』。像贊寫於冬心先生七十歲，即乾隆二十一年（一七五六）。則自序與像贊的寫作相差六年之久。該書的用紙用墨亦如徐康、黄裳先生描寫的一樣，質地較粗，紙色暗黄，即使不是宋紙，也必是舊紙無疑。至於墨色，用『墨光如漆』來形容一點也不過分。惟墨色奕奕發光，正如《前塵夢影録》中江標的按語所説『標亦見冬心翁用宋紙印所著書，神似真宋。所差者墨色稍光亮耳』。

此書也是一部流傳有緒的舊本。函套簽題『冬心先生畫竹題記』一行，書法古樸蒼勁，頗類冬心白石一路。款署『己卯孟春祖經署簽』，下鈐『陳』『伯權』二小印。扉頁有『戊子冬月□江官廨借讀一過』小字一行，款署『友石書識』。陳祖經、友石事迹皆不詳。書末另有題記一則：『乙亥春暮，偶過磐園，假得此册，歸而展讀，覺清風習習，如坐竹林間也。濟南王貢忱識。』下鈐朱文『貢忱』印。知此王姓藏家係山東濟南人，唯不知其時代行止。後偶讀《文禄堂訪書記》，卷二載有黃丕烈題跋明本《靖康孤臣泣血録》一書。書後有王貢忱手跋，跋文云：『自東郡楊氏藏書散失後，其發見於濟南市者，以敬古齋所得爲多。該肆王某善價而沽，據余所見聞已不下四五十種矣。庚午冬得此，亦該肆經售者，計葉論值，窮措大竟悍然爲之，可見一時好尚固足以顛倒人如此。辛未夏至，止適齋主人識。』按庚午爲一九三〇年，辛未爲一九三一年，據此知王貢忱當爲民國間一位生活在山東濟南的藏書家。又《藏書家》第二輯張景栻《濟南書肆記》一文，也有關於王貢忱的記載，文稱：王采廷，字貢忱，山東相臺人，前清舉人，入民國曾任山東省議會議長。辭官後，在濟南設書肆號『逢源閣』，主營舊書，兼營書畫云云。這樣一來，王氏的生平簡歷就大致清楚了。王氏既然能收儲海源閣散出之黃跋本，可見其實力不俗，趣味不低，收藏《冬心先生畫竹題記》也就在情理之中了。

七、冬心先生自度曲

《冬心先生自度曲》一卷，傳本極稀，僅知國家圖書館有藏，《北京圖書館古籍善本書目》著録。《書目》將之列入『詞類』，其實冬心自度曲不同於傳統的詩餘或長短句，而是他自創一體的詩歌形式。句式長短不一，韻腳轉换隨意，便於抒發個人情感，每首曲均注明多少句、多少字。試舉《秋蘭詞》一首爲例，原注『九句四十四字』，曲云：『楚山疊翠，楚水争流，有幽蘭生長芳洲。纖枝駢穗，占住十分秋。無人問，國香零落抱香愁。豈肯同葱同蒜，去賣街頭。』恰恰是冬心先生孤芳自賞的真實寫照。

集中類似篇什，時有所見。

其實冬心先生在《冬心先生自度曲》原序中已經透露了創作原委。他説：『昔賢填詞，倚聲按譜，謂之長短句，即唐宋以來樂章也。予之所作，自爲己律。家有明僮數輩，宛轉皆善歌喉，能彈三弦四弦，又解吹中管，每一曲成，遂付之宮商，哀絲脆竹，未嘗乖於五音而不合度也。鄱陽姜白石，西秦張玉田，亦工斯制，恨不令异代人見之。……歲月既久，積爲一卷，廣陵詩弟子項均、羅聘、楊爵各出橐金，請予開雕。因漫述之如此。』冬心先生告知世人，《冬心先生自度曲》不但是自爲己律，獨創一體，而且每首都是合乎五音六律，可以按譜歌唱的。恨不能讓宋代大詞人姜白石、張玉田死而復生，前來一比高下。其恃才自負、傲岸不羈之情，溢於言表。序言還説明，《冬心先生自度曲》一卷是由弟子項均、羅聘、楊爵三人聚資刊刻的。序末款署『乾隆二十五年二月朔日七十四翁金農在龍梭仙館書』。據此，《北京圖書館古籍善本書目》著録《冬心先生自度曲》爲乾隆二十五年刊本。此本當是《冬心先生自度曲》最早的一個單刻本。

如前所説，此書傳本甚罕。連『舊藏冬心翁著作最備』的清人徐康（子晋）也曾説『所未見者，《自度曲》一卷而已』。寒齋幸藏一部，自詫與冬心翁墨缘不淺。原書爲白紙，金鑲玉裝。成書尺寸爲高二十四點九厘米、寬十五厘米。每半葉八行，行十八字，細黑口，左右雙邊。行款格式與《冬心先生續集》全同。字體剛健細瘦，頗爲美觀。與康熙本席刻百家唐詩和嘉慶刊本《香葉草堂詩存》同屬一類風格。

八、巾箱小品

《巾箱小品》一函四册，乾隆刊本。

首題『巾箱小品』隸書四字，并有『初集』『花韻軒藏版』字樣。

第一册扉頁題『冬心先生畫記五種』隸書二行。第一册包括四種：

一、《冬心先生畫竹題記》（有序）。

二、《冬心先生畫梅題記》。

三、《冬心畫馬題記》。

四、《冬心畫佛題記》（有序）。

第二册包括兩種：

五、《冬心自寫真題記》。

六、《冬心齋研銘》（有序）。

冬心先生著作就是以上六種。其餘爲《板橋題畫》《唐詩酒籌》《西廂記酒令》等一類文玩小品。號稱《巾箱小品》，確是名符其實。全書高僅十四點二厘米、寬八點五厘米。每半葉八行，行十六字，細黑口，左右雙邊，白紙刷印。書品小巧玲瓏，内容豐富雋永，惜刊刻未臻上駟，稍覺遺憾。

前人提及《巾箱小品》者還不多，僅見周作人《書房一角》卷二《桑下叢談》中有『金冬心題記』一則，文曰『金冬心題記小文，别具風致，久爲世間所重。原刻近已不可見，寒齋所有者祇乾隆間花韻軒刊《巾箱小品》本，嘉慶間種榆仙館本，同治壬申桐西書屋本，光緒戊寅當歸草堂本，皆翻刻也』。據周文説《巾箱小品》尚有日本翻刻本，刻工頗佳，祇是字的左邊增加了和訓句讀。冬心先生題畫記，此前所見乾隆單刻本僅《冬心先生畫竹題記》一種，其餘并未見過。將五種畫記合刻在一起，恐怕當屬《巾箱小品》爲最早的版本了。《巾箱小品》傳本也不算多，據《中國叢書綜録》著録，此書全國公藏僅有二三部。寒齋所藏一部，還是流傳有緒的舊本。書中鈐印纍纍，計有『銘印』『其石之缽』『銘藏』『朱其石之缽』『朱仲子其石』等。朱其石（一八九九—一九五八），名碁，字其石，以字行，號桂莽，室名抱冰廬，浙江秀水（今嘉興）人，民國間海上知名書畫家、篆刻家，以畫梅花、山水著稱。其兄朱大可亦海上知名畫家。余别藏西泠印社聚珍本《畫林新詠》，亦朱其石舊藏。此外，《巾箱小品》中還有『錢辥』『千墨樓汪嵐坡收藏印』『梧桐鄉汪泰基之章』等印。余所藏咸豐同治間吴雲刊《二百蘭亭齋金石記》《虢季子白盤銘考》等書，其中虢季子白盤等金石圖像均署爲『嵐坡縮摹』。我頗疑這位『嵐坡』與本書中的千墨樓主汪嵐坡可能爲同一人，未知確否。

《研銘》首有冬心先生自序一篇，書中收録各種研銘九十七則。《研銘》一書版式行款與《冬心先生集》完全一樣，亦每半葉十行，行十八字，白口，左右雙邊。字體古樸大氣，頗類宋版。冬心自序於『雍正十一年歲在癸丑嘉平望日』，即一七三三年十二月十五日。書後有『吴郡鄧弘文仿宋本字畫録寫』一行，與《冬心先生集》乃同一人手寫上版，唯未注明刻工姓氏與刊刻時間。估計刊刻時間當與《冬心先生集》是一致的。二〇〇七年秋，北京某拍賣公司推出《冬心先生研銘》一書，白紙精印，戔戔小册，總共不過十多葉，竟拍出五十萬人民幣的高價，真是令人匪夷所思。這樣的價格，當然不是我輩讀書人所敢夢想的。

古人作研銘是有傳統的，但將研銘彙集起來，輯印成書，似乎當自冬心先生始。冬心研銘言簡意賅，寓意深刻，對後世影響很大。偶讀《啓功韻語》，其中的研銘、摺扇銘、竹如意銘、書箱銘、羊毫筆銘、鎮紙銘、竹根印銘、木拄杖銘、布書袋銘等等，不一而足。真是信筆由之，幾乎無物不可以銘。這不正是《冬心齋研銘》的延續與擴大嗎？

九、冬心先生雜著（嘉慶種榆仙館本）

種榆仙館本《冬心先生雜著》，傳本亦極罕。《中國古籍善本書目》在子部藝術類加以著録，記得僅中國社會科學院文學研究所、南京圖書館、浙江圖書館等幾家有藏。文獻中提及該書的一是清末魏錫曾在《西泠五布衣遺著》的按語中説『冬心先生雜著六種，初刻罕覯，陳氏以《巾箱小品》苦於翻閲（當即世行華韻軒本），重刻以廣其傳』。一是周作人先生在《書房一角》的《冬心先生畫記》一文中曾有介紹，并評論説『陳曼生本序甚佳，字體與所刻《佛爾雅》相同，古樸可喜，而《畫竹題記》多缺，似不及矣』。據此可知，種榆仙館本是源出於乾隆間《巾箱小品》的。

種榆仙館本《冬心先生雜著》在清代版刻中的位置，雖然遠不如《冬心先生集》《冬心先生續集自序》《冬心先生畫竹題記》等聲名顯赫，但它也以版刻風格古樸、流傳稀少而受到人們的喜愛。二〇〇六年秋，我有幸得到一部嘉慶種榆仙館本《冬心先生雜著》。書衣上有題字兩行，文爲『金壽門雜著一箳全』『陳曼生刊，甚難得。缾（瓶）生記』。從字體落款看，知是清末收藏大家翁同龢的墨迹，且書末還鈐有翁氏後人翁斌孫的白文小印。書出於翁氏舊藏當毫無疑義。翁氏生活在距今約一百年前的清代末年，當時已稱『甚難得』，百年之後的今天，古書日稀，則此書之難得更加顯而易見。

《雜著》綫裝一册，爲竹紙摹印，封面題隸書『冬心先生雜著』六字，左側行楷小字一行爲『種榆仙館校刻』。首有陳鴻壽引言一篇，然後爲『冬心先生畫竹題記序』『冬心齋研銘序』。二序之後爲『冬心先生雜著』目録。依次爲：研銘（有序）、畫竹題記（有序）、畫梅題記、畫佛題記、自寫真題記、畫馬題記。全書每半葉十行，每行二十字，黑口，左右雙邊。成書尺寸爲高十八厘米，寬十一點五厘米。

刊刻者陳鴻壽（一七六八—一八二二），清乾嘉時代著名的篆刻家。字子恭，號曼生，别號種榆道人，浙江錢塘（今杭州）人。他一生中最大的成就是在書法篆刻方面。他的篆刻遠承秦、漢，近紹丁（敬）黄（易），刀法縱肆，節奏鮮明，風格豪放，對後世影響很大，爲『西泠八家』之一。他的書法功底深厚，精鑒賞，富收藏，酷愛摩崖碑版。所作草、隸、篆皆精，其八分書尤簡古超逸，獨具特色。他多才多藝，能畫山水、花卉、蘭竹。官江蘇溧陽時，曾參與設計製造紫砂茶具，風行一時，稱『曼生壺』，後世視爲珍品。所作詩文有《種榆仙館詩抄》行世。《種榆仙館詩抄》一爲道光刊竹節欄本，一爲西泠印社聚珍本，二者皆不多見。

陳鴻壽生於乾隆三十三年（一七六八），上距金冬心辭世僅五年。作爲同鄉後輩，他一定看到過不少冬心先生的書畫作品，聽到過不少冬心先生的遺聞逸事。出於對這位同鄉前輩的崇敬之情，他刊刻了《冬心先生雜著》，這當然是順理成章的事情。

《雜著》前有被周作人先生稱爲『序甚佳』的陳鴻壽的『引言』一篇。『引言』曰：

冬心先生以詩畫名一世，皆於古人規模意象之外，别出一奇，勝情高致，超超元著。殆所謂逸品者。於畫尤自珍惜，每幅或題小詩，或著數語，風趣横生。總之無一凡近語。此卷皆題畫佛、畫竹、畫梅、畫馬、自畫像贊及研銘。揚州舊有刊本，已久不存。近有刻入《巾箱小品》中者，袖珍小字，苦於翻閱。今爲重刻，以廣其傳。昔人嘗謂人之精神不在正襟危坐中，而時時流露於散髮敘簪之際，好鍛蠟屐，亦可以見前賢風流。先生往矣，零縑斷素，得之者珍於拱璧。此雖小品，猶穆然想見其人於百年之間矣。同里後學陳鴻壽引。

《雜著》所收内容，與《巾箱小品》基本相同，唯編排順序有所不同。兹將二書目録分列如下：

《巾箱小品》：

《冬心先生畫竹題記》（有序）

《冬心畫梅題記》

《冬心畫馬題記》

《冬心畫佛題記》（有序）
《冬心自寫真題記》
《冬心齋研銘》（有序）
《冬心先生雜著》：
《研銘》（有序）
《畫竹題記》（有序）
《畫梅題記》
《畫佛題記》
《自寫真題記》
《畫馬題記》

二書不僅編排順序不同，如果仔細校對，就會發現内容文字也有不盡相同之處。僅以《冬心先生畫竹題記》爲例，乾隆單行本與《巾箱小品》本皆收題記五十八則，而種榆仙館《雜著》本僅收題記二十六則。二者相差竟達三十二則之多。陳氏何以任意删落三十多則，真是令人百思不解。無怪乎光緒間魏錫曾批評道『陳氏以意删定，雖云重刻，蓋非舊觀』。如果不見種榆仙館本原書，是很難理解魏氏評語的原委的。

值得注意的是《雜著》本《畫竹題記》篇末有『金陵佘綸仿宋録寫』『江氏鶴亭古梅庵藏版』雙行題字。似乎《雜著》本《畫竹題記》源出於江氏古梅庵藏版之《畫竹題記》。冬心先生在《畫竹題記》的《自序》中確實説過『秋雨兀坐，編次成集。江君鶴亭，見而歎賞不置，命傔人抄録付剞劂氏』的話，但江氏本《畫竹題記》究竟刻成與否，不得而知。我們現在所能見到的，祇是乾隆間金陵湯鳳手寫上版、杜爾儒刊刻的《冬心先生畫竹題記》。如果江氏古梅庵藏版的《畫竹題記》是《雜著》本的底本，那它在嘉慶時應該是存在的，《雜著》編者陳鴻壽應該是見到過的。何以近二百年之後，此本却不見任何公私藏家著録呢？它到底是怎樣一個版本，它與現存最早的乾隆刻本《畫竹題記》究竟有何异同？這又是一個懸而待决的問題。

十、冬心先生題畫記

《冬心先生題畫記》，清同治間吴縣（今江蘇蘇州）潘氏桐西書屋刻本。寒齋亦有所藏，其一書爲原函舊裝一册，書面題『冬心先生題畫記，乙丑秋日，求是齋題』。乙丑當爲民國十四年（一九二五）。求是齋不知誰何。扉頁爲隸書二行『冬心先生題畫記』，背面書牌頁隸書二行『同治壬申中冬潘氏桐西書屋鋟版』。壬申爲同治十一年（一八七二）。成書尺寸高二十九點一厘米，寬十六點二厘米。每半葉十行，行二十字，黑口，左右雙邊。書體爲方體宋字，略瘦長，尚無晚清普通宋體字的匠氣。全書收録冬心先生題畫記五種，依次爲《冬心先生畫竹題記》（有序）、《冬心先生畫梅題記》《冬心先生自寫真題記》《冬心先生畫佛題記》（有序）、《冬心先生畫馬題記》。編次與《巾箱小品》《冬心先生雜著》都不盡相同。

書後有王鴻朗同治十一年四月的跋，詳述友人桐西屋主人潘椒坡刻書的緣起。王鴻朗字笈甫，浙江海寧人。曾官四川通判，又遊合肥李鴻章幕中。善畫鍾馗，與潘椒坡相友善，潘曾爲其刊所撰《鍾馗畫記》。潘椒坡（一八二八—一八九三），原名介繁，字穀人，號椒坡，室名桐西書屋，因自署桐西居士。咸豐二年（一八五二）舉人，候選國子監學正學録，歷署湖北咸寧、湖南臨湘等地知縣。著有《桐西書屋集》二卷，《詩抄》《文抄》各一卷。潘承弼（景鄭）曾輯入《陟岡樓叢刊》中。潘椒坡仰慕冬心先生的人品與畫品，因而重刊《冬心先生題畫記》。此書刊於同治中，距今不過百多年，刻印均非上佳，難稱善本。然而時至今日，傳本也不多見了。尤爲難得的是，此書是藏書家所刻之書。椒坡曾祖潘奕雋（三松堂）、祖潘世璜（須静齋）、父潘希甫、弟潘介祉皆清代吳縣著名藏書家，其子志萬，字子俣，號碩庭、笏庵，亦能克繼家學，以擅金石、富藏書而有名於時。一家五代，世守藏書，實屬不易。

幸運的是，二〇〇八年余又從滬上收得同治刊《冬心先生題畫記》一部，書後附潘椒坡撰《王笈甫先生畫鍾進士像題記》一卷，書中鈐有潘氏藏印多方，知爲桐西書屋後人潘志萬所藏。父刊子藏，流傳有緒，似較前面一部更爲難得，更勝一籌。

十一、西泠五布衣遺著

《西泠五布衣遺著》，清同治、光緒間錢塘丁氏當歸草堂刊本。當歸草堂爲浙江錢塘（今浙江杭州）丁丙的齋號。丁丙，字嘉魚，別字松生，號松存。與兄丁申同爲諸生。兄弟二人皆嗜藏書，爲清末著名藏書家。與鐵琴銅劍樓瞿氏、皕宋樓陸氏、海源閣楊氏并稱四大藏書家。兄弟二人歷三十餘年，聚書八千多種，總數達二十萬卷，計有宋元刻本二百多種，明刻精本、舊抄善本及稿本極多，藏書重鄉邦文獻，頗具地方特色。在太平天國運動中，浙江文瀾閣藏《四庫全書》，全部散佚，丁氏兄弟極力搜訪殘帙，組織抄補，終於使文瀾閣之書，十得七八，爲保護古代文化典籍，做出重大貢獻。丁氏藏書於光緒三十三年（一九〇七）售與江南圖書館（即今南京圖書館）。丁氏著有《八千卷樓書目》二十卷，是其藏書總目。另有《善本書室藏書志》四十卷，是善本書目。另輯有多種鄉邦文獻，如《武林掌故叢編》《武林往哲遺著》《西泠五布衣遺著》等。

當歸草堂本《西泠五布衣遺著》收録杭州籍五位布衣吳穎芳、丁敬、金農、魏之琇、奚岡的詩文集。當歸草堂本收録金冬心著作頗完備，計有：

《冬心先生集》四卷；

《冬心先生續集》一卷；

《冬心先生集拾遺》一卷；

《冬心先生三體詩》一卷；

《冬心先生自度曲》一卷；

《冬心先生雜著》六卷，内收《研銘》《畫竹題記》《畫梅題記》《畫馬題記》《畫佛題記》《自寫真題記》《冬心先生隨筆》一卷。共七種。所以當歸草堂本堪稱金冬心著作最完備的本子。

當歸草堂本《冬心先生集》四卷，係出自雍正十一年揚州原刊本。卷四末亦有『雍正癸丑十月開雕於廣陵般若庵』『吴郡鄧弘文仿宋本字畫録寫』字樣。唯將寫刻變爲宋體方字，字體頗不美觀耐看，雕版藝術水準與原刊之差距不可以道里計。當歸草堂本行款與雍正本《冬心先生集》倒是相同，衹是將左右雙邊改爲四周雙邊，且書口下方有『當歸草堂』字樣。

當歸草堂本《冬心先生集》所收冬心先生小像兩幀還是值得一説的。小像兩幀，其一摹自雍正原刻本，亦題『冬心先生四十七歲小像』『廣陵高翔寫』，背面有劉仲益的像贊。其二冬心先生像既無題字，又無像贊，僅在畫面的右下角鈐『任熊』小印一方。小像背題『文蔚里居時，嘗影刊先生詩集，工未竟而寇至，板毁於火，零殘樣本，携在行笥，其前小像爲任君渭長手摹，參用先生晚年自寫真，視高本小异。今泉唐家竹舟、松生昆仲重刊先生詩竟，既屬文蔚影摹高本，因附摹任本於後，俾景仰先生者兼識中歲晚年風采云』。款署『同治戊辰人日文蔚并記』。那麽這位描摹冬心先生小像的丁文蔚是個什麽人呢？按丁文蔚，字豹卿，號韻琴，又號藍叔，室名大碧山館，浙江蕭山人，曾任福建長樂知縣。此人工書善畫，所作篆隸深得漢魏古拙之趣，所畫花卉秀逸古雅，有陳白陽、惲南田遺意。根據他的題記，他是受丁氏兄弟之托，描摹冬心先生小像，一摹本描自高翔，一摹本源自任熊，二摹本均出自丁氏之手，又交由福州著名刻工吴玉田上版雕鐫的。

當歸草堂本《續集》首録冬心先生《自序》及丁敬序。後有魏錫曾的按語，當歸草堂本書中還有多處魏氏按語，可見當歸草堂本當是魏氏編輯無疑。魏錫曾，字稼孫，浙江仁和（今杭州）人，室名非見齋、績語堂等。貢生，曾官福建浦南場鹽大使。平生嗜金石，富藏書，刻苦力學，日事筆研，辨訂考證不倦。與趙之謙友誼甚篤，又與凌霞等號稱『苕上七子』。其所題跋校録之書，無不受到後人珍視。寒齋藏有《郎官石柱御史臺題名録》，即魏錫曾抄校本。由這樣一位學識淵博的學者來輯校冬心先生著作當然是最恰當的人選，可見丁氏兄弟是頗爲知人善任的。

當歸草堂本《續集》一卷，半葉十一行，行二十二字，白口，四周雙邊。行款既不同於乾隆十七年本，又不同於乾隆三十八年本。從當歸草堂本《續集》照録羅聘的序言來看，可以斷定當歸草堂本《續集》源出於乾隆三十八年本。

當歸草堂本《冬心先生三體詩》當出於乾隆原刊本。但二者行款不同，乾隆本行款爲每半葉十行，每行十八字，白口，左右雙邊。當歸草堂本行款爲每半葉十一行，每行二十二字，白口，四周雙邊。《冬心先生三體詩》序是一篇佳文，前已備述。序後有刊刻者丁丙的題跋一則，跋云：『《翠螺閣遺集》有效先生三體之作，今婦亡已二十三載，余復足蹇杜門，重雕是卷，以破寂寥，非敢有己傳先生也。仍效集中體識之。同治甲戌，小雪節，丁丙。』跋後，有丁丙仿冬心先生三體詩，不録。

丁丙在題跋中提到的《翠螺閣遺集》即《翠螺閣詩詞稿》。咸豐四年（一八五四）錢塘丁氏延慶堂開雕。作者凌祉媛字苗沉，浙江錢塘（今浙江杭州）人，爲丁丙繼室，通音律，能吟詠，性情幽嫻凝重。詩作清雅有才情，被時人譽爲閨閣詩中的梅蘭之品。《詩詞稿》中頗有仿效冬心先生三體詩之作。凌氏生前頗得丁丙的寵愛，丁丙重雕《冬心先生三體詩》，禁不住觸景生情，悼念亡婦之情溢於言表。《翠螺閣詩詞稿》刊刻精雅，傳本亦不多見。

丁丙詩後，有丁丙之侄丁立誠的跋語和丁立誠集《冬心先生三體詩》詩句所作的三體詩，不録。

《冬心先生三體詩》除當歸草堂本外，還有同治間顧氏小石山房本，其行款爲每半葉十一行，每行二十二字，黑口，左右雙邊。寒齋亦曾藏有一部。

當歸草堂本《冬心先生雜著》六卷（光緒戊寅冬鐫），《目録》後有編者魏錫曾的題跋：

右冬心先生雜著六種，初刻罕覯。陳氏（按指陳鴻壽種榆仙館本）以《巾箱小品》苦於翻閲（當即世行華韻軒本）重刻以廣其傳。今就兩刻參校，《巾箱》本無《雜著》標目，首畫竹題記、次畫梅、畫馬、畫佛，次自寫真、次研銘。陳本則總標《雜著》，研銘列畫記前，畫佛、自寫真題記列畫馬前，又缺畫佛題記自序及畫竹題記三十一條，其他篇段字句亦多歧出。按畫佛題記自序云，『予初畫竹，繼畫江路野梅，又畫車骨利國馬之大者，轉而畫諸佛。是先生畫馬實先於畫佛』，陳本以意刪定，雖云重刻，蓋非舊觀。今沿標題《雜著》之稱，因存陳序，并首研銘，餘悉依《巾箱》本，間改顯然誤字一二，俟求初刻正之。光緒戊寅九月里後學魏錫曾識於津浦古雷鄉。余爲當歸草堂校刊此種，旋得湖州凌子與霞邗上來書云，冬心畫記尚有吴門潘氏桐西書屋刻本。時剞劂垂成，道遠不及借校，附記於此。錫曾。

當歸草堂本《冬心先生畫竹題記》，審其内容與《巾箱小品》本《畫竹題記》完全相同，共收題記五十八則，是個足本。而不是像種榆仙館本《畫竹題記》那樣任意删節，内容不全。但當歸草堂本《畫竹題記》末也有『金陵余綸仿宋録寫』『江氏鶴亭古梅庵藏版』二行題字。不知是編者魏錫曾確實親自見過江氏鶴亭刊本《畫竹題記》，還是照録種榆仙館本《畫竹題記》的題款，而并未見過江氏原刻本。

當歸草堂本《畫佛題記》也給我們透露了一個新的版本信息。《畫佛題記》有一則云『十五年前，曾爲援鶉居士寫《金剛經》一卷，居士刻之棗木，精裝千本。喜施天下名勝禪林，與伐那婆斯尊宿貝葉之書争光也。即外域遐方，若朝鮮，若日本，若暹羅，若流球，若安南諸國及小瓊島、大西洋，皆附海舶遠行，散布之地，無不知中華有心出家庵粥飯僧之柔翰矣』。這就明白無誤地告訴我們，冬心先生曾手寫一部《金剛經》，并且『刻之棗木，精裝千本』，廣泛流布於海内外。但二三百年來却未見刊本流傳，公私諸家藏書目也鮮見著録。值得慶幸的是，近年余獲得影印本一件，係手卷裝，原本或已流失東瀛。

《冬心先生隨筆》一卷，這也是當歸草堂本所獨有的。行款一如以上諸種，亦半葉十一行，行二十二字，白口，四周雙邊。内容則是魏錫曾從友人丁文蔚處借得冬心先生墨迹，倩工上版，成《隨筆》一卷。《隨筆》之後附江湜、魏錫曾二則題跋：

冬心先生書，醇古方整，從漢人分隸得來，溢而爲行草，如老樹著花，姿媚横出。此册隨筆，記所見典籍字畫，寫作并精，人書俱老，足資考證，而有開益。尺壁易購，此無價已。藍叔博學精賞鑒，影刊先生詩集，若將此卷附雕詩後，吾知海内好古家且以後睹爲憾也。庚申冬日長洲江湜記於東甌寓齋。

蕭山丁藍叔文蔚嘗得冬心先生客漢陽時書迹，屬友某君别爲摹本，予皆見之。此從摹本録出，頗有筆誤。問真迹，云已寄里中矣。因稍加校正，取自序語，題曰《隨筆》，爲當歸草堂付閩工吴玉柱（玉田弟）繕刊。中多可與詩集相證明者。光緒四年冬十月，里後學魏錫曾。

總之，當歸草堂本輯印的冬心先生著作雖然年代較晚，但它却是收録冬心著作最完備、内容最豐富、校刊比較精審，同時也是比較容易見到的一個本子。後世學者研究冬心先生的思想和藝術大多要依賴這個版本。同時，當歸草堂本輯印的冬心著作也爲我們研究、比較冬心著作的版本，提供了新的綫索和資料。

待訪録《景申集》

《景申集》是金冬心著作中最有名的詩集之一，是其早年的作品。前人多次提及，如《清人别集叢刊·冬心先生集》出版説明云『農詩先有《景申集》行世，係鮑鈖出資刊印，所收皆懷人之作』。冬心先生在《續集自序》中也提到『辛丑首春浪遊揚州，謝秀才前義拜衮之歲，已馳譽江表，不可一世。見予《景申集》雕本，槌壁發癲曰：「吾目光如炬，不輕讓第一流，何來狂夫，奪吾赤幟？」』這裏有兩點重要啓示：其一，康熙辛丑即康熙六十年（一七二一），冬心先生時年三十四歲，初來揚州，已携《景申集》雕本。可見其時《景申集》已刊印行世。其二，冬心先生初來揚州并非以書法繪畫著稱於世，而是以詩才名聞天下的。但就是這麽重要的一部詩集，至今却未見公私藏家的任何著録。人們不禁要問，《景申集》究竟還存在於天壤之間嗎？讓我們期待着。

孟憲鈞

原刊於《紫禁城》雜志二〇〇九年第九—十一期

二〇二〇年六月十八日修訂

目録

上册

下册

冬心先生集四卷

清雍正十一年（一七三三）揚州刻本

予賦性幽夐少耽索居味道之樂有田幾棱屋數區在錢塘江上中爲書堂面江背山江之外又山無窮若沃洲天姥雲門洛思諸峯嶺羣欲褰裳涉波暱就予者於是目厭煙霏耳飽瀾浪意若有得時取古人經籍文辭研披不間昕夕會心而吟紙墨遂多然猶不自慊近交里閈二三能言之士大抵多與予同其好林壑間儁僧隱流畚畚單瓢笠之往還復饒苦硬清峭之思相與攄發抉擿盡取高車影纓輩所不至之境不道之語而琢之績之由是世遂比數予於詩人

寻翻然祕匿懼其隘而不廣於見聞直而不愜於比興瘠而不腴於枝葉笑覆陸機之譏屢矣或有躋寻於鉅公派别者寻曰昔徐師川不深附西江張伯雨能超乎鐵雅詩固各有體趨今何如則古邪廼鄙意所好常在玉溪天隨之間玉溪賞其窈眇之音而淸艷不乏天隨標其幽遐之旨而奧衍爲多然寧必規玉溪而範天隨哉寻之詩不玉溪不天隨即玉溪即天隨耳比長年來益爲汗漫遊徧走齊魯燕趙秦晉楚粤之邦或名嶽大河傾寫胸臆或荒臺陊殿悵觸

古懷或雨零風欷感傷羇屑或箏人酒徒飛揚意氣境會所遷聲情隨赴不諧衆耳唯矜孤吹此則予詩之大凡也孤露以後舊業隨廢欲求天隨子松江通潮之田小雞山之樵薪已不可得旅食益困念玉溪生有打鐘掃地爲清涼山行者誓願因亦誓願五十之年便將衣裓入林得句呈佛以送餘生遂發憤將舊稾刪削編胥都爲四卷寫一淨本付之鏤木家自今有索冬心先生而望岫息心者得不披對此集乎冬心先生者予丙申病痁江上寒宵懷人不寐申旦

遂取崔國輔寂寥抱冬心之語以自號今以氏
其集云雍正十一年十月錢塘金農自序

冬心先生四十七歲小像

廣陵高翔寫

冬心先生集卷第一

錢塘金　農　壽門

予處田野與物無爭賦雜體一章頌稼事
也遍爲告誡以當農謠

蠶桑月令過芒種天所予老巫卜瓦卦請驗古
諺語勤墾穲稏興田家苦驕陽行禱不雨尼勸
龍各一觴跼蹐復跼蹐龍阪筋力顫鞭箠爾錐
長寧識牛性善西埭比戶忙窄衣只掩髂鬲泥
三尺渾朝來喧築壩王命布農事秋收戒其荒
曖曖墟中煙五里聞炊香太歲值豐年出入皆

大吉督工邨夫子風俗恥貨殖

月夜叩灊禪師講堂

去天只一握峯勢儼西崋歘聞雲脚香蒼蒼滿牀下二十五條衣吾師諦妙義住于忍界中不噎琉璃地禪定靈鴿棲客心生幽怖破寺寒月來水光千萬樹儃佪念夙緣今宵侍缾鉢悄聽鄰鐘聲合掌亂山謁

雪中懷會稽陶十二幼雅

山雪白皚皚郊扉晝不開嬾爲洛陽卧誰共覇陵杯窺磵鳥聲合入林江影來遥思嚴長史淸

嘯奈娥臺

寄吳丈允嘉

北郭依喬木青山屬隱君心知白雲妙書愛衆香熏草閣編遺集淞湖采舊聞猶誇健如犢課子事耕耘

楊知陳章見過冬心齋予出漢唐金石搨本二百四十種共觀

空巷草根苦遭此秋雨屯離披一尺長那知中有人守窮如守盟向壁獨弔影書家得申韓二子欣造請聖唐與神漢文字古所敦吉金貞石

志辨證蒐株源嗟嗟暝色催客去倚江渚炊煙

飢不生寒雞各上距

碧瀾堂寄王豫

酒漉紗巾春甕開碧瀾堂外望瀠洄此閒絲竹

聲凄咽善病王郎竟不來

雨後獨步池上

煙際曳筇人掩關繞行池上夜忘還浮萍剛得

雨吹散吐出月痕如破環

盧圻港

瓜皮艇子水黏天認得盧圻港口煙一帀霜叢

清雍正十一年刻本

有人語晚風撑到卧牀前

若溪曲二首

淨緑瓜瓢嫩搡藍草汁熏光明河畔水好與染羅帬

下若翠物香細甞淡爲貴但能通顔色何必沙糖味

題貞曜先生集後

苦詞峭刻寡情懽孟保荒迷石井闌一尉終身貧至此溪堂草木笑清寒

同鮑十四明府鈖高十一秀才嵒過夾山

漾舟中阻風

先生解官印快遊心目開我已一笑諾況攜杜秀才單櫂入鏡行春波宛南浦煙翠浮嵐中活脫峯伍伍長林夾山漾修坂小康邨如何寂莫意展望傷客魂青冥變芸蒼纖末從雲起只此十里間愁風復愁水

雙林晚景

若練吳波折復迴遙岑悄沒夕陽催絕無人影櫓聲過蘋葉中間一道開

曲江之上先人敝廬在焉積痾初勘雜書

六首

門庭就衰落彈指等浮漚羌非廣絶交客肯浪見投戀戀兩黃犬蕭蕭一蒼頭自拾甑中塵貧窶忘苟求麻薄葛麤疎摧燒各悲秋

七八月之閒胡爲抱積癉酒庫麴蘗荒相思屢欠呵比無俗喧慁耳目成嬾惰野花墻庄生暗泉牀下過蝺蝺涼葉飛虛堂枕手卧

鄉里時問疾幼女戲搥背合和藥一劑差覺醫可愛辛苦服三苓本草出袖內江湖計已輟攝生理固在誓將乞神農坐樊永潛晦

舊種偃強松弱藤互勾棘上巢塌翅禽反哺形傴仄馴性年復年奚忍施繳弋似憐主人意當午吽不息博得二千石餘糧爲汝食

憶昔載遊具賢尹眞吾曹舂帆十幅蒲太湖行迴遭百里洲上樹疎瘦如牛毛題詩大雷山詭蹟搜冥嶔至今寒夢中洶洶驚波濤

退院赴齋期緇流澹孤蹤禪派話靈嶽方袍策短笻功德離垢幢竦然聞淸鐘秋光妙渲染溪雲洩陰濃變雨忽不雨朶朶簷際峯比日嘗過梵天講寺爲散疾之遊

前江後山書堂修竹十五竿爲人刪除作

詩惜之

籊籊青竹竿環繞江上宅移自剡中僧歲之攝

提格略除蟲蠹侵不計土肥瘠我無食肉相稍

喜共蕭索微陽蔭檻隅涼吹遞林隙娟秀若翠

葆婆娑悅婠嫿今秋遊故鄣羇旅成俗客負此

十五莖苦節抱孤直可憐遭劚去束縛竟抛擲

寧爲篝與箕免受煎茶戹

四哀詩

而翁遠竄謫惡信來夢寐肉與骨相離袖有一

掬淚痛君投荒尋瘴癘犵獠地近復奔東都絶
粒嵩陽寺七年賦零丁漫滅背上字蔡本馴
少壯藩邸遊晚歸啚于遇粉本工小筆能箋爾
雅誤逢逢羅剎江忽聞王公訃哀哉篆墓甎銘
語賊子作叶丙舍繞沮洳殘花剥如雨王璵
黒頭黎戟郎引我稱兄弟未解筭錢刀恰諳食
苦薺昨歲結清懽水嬉共秋禊隔世悲音塵朋
黨失文藝齒冷同輩兒驕人只門第楊守晟
古樂栖神明撫琴卧巖藪絲中有木聲不生荊
棘手嘗言海虞老指法非矯揉練心旦復旦天

平奪長壽幽寵何時嘗撤絃瀝吾酒 張澐

題鮑十四遊鄧尉探梅諸詩後二首

鮑淸風是木腸兒銅井銅阬踐素期塔影湖光樹中見花香偏在褁頭時

方丈鐙明萬籟虛夙生慧業宛何如開堂一語君參否水底蓬塵山上魚

平望驛曉發過太湖

解纜畫眉橋川程浩瀰瀰乞得美滿風快如渡彭蠡聒天波空靈初陽樹迢遞回頭莫鼇峰厰厰未梳洗

宿焦山

縹緲松寥山積翠下無路風籟鐘微茫鶴跡雲散聚如聞定中僧禪窟勸小住牽月濯巾缾江光漾高樹

廣陵客舍寄荅謝大_{遵王}

一月閉門恒自飢連朝養疴嬾賦詩高僧送米苦難得殘客索書佯不知昨宵小飲酒人處拍浮笑記鮦陽語三十六陂清露香秋暑著巳被花銷去中年以往萬事輸豈惜齒痛鬢半枯桒絲纖管領風味早衰吾欲稱老夫

南郭

連垌重阪近幽棲菜甲抽青自灌畦剛得天涼三日雨秋光如水草蟲啼

題方氏池上壁

憑欄送遠目積陰生陂塘水木自明瑟鳧鷖何拍張碁從嶽僧覆茶共蜀客嘗纖雨晚飛來晞髮池上涼

楊三十五過宿廣陵客舍

秋林正涼雨爲洗客衣塵而我禰衡病夫君原憲貧歲看華鬢改話到故山眞今夜然鐙坐鄉

愁添一人

秋來

紈扇生衣捐已無掩書不讀閉精廬故人笑比中庭樹一日秋風一日疎

汪塤陳章見送眞州舟中漫述二首

一夜風葉中聽雨聲不休既阻帆的的復掩鐙修修誰不惜游子騷怨含離憂去如楚江蘺弱根日以浮

他鄉樂亦苦淚滴杯酒間車有書滿槖無金兩鍰怯渡黃連港笑尋甘草山豈爲滑稽雄暫

爾啟客顏

孫憲遺米于僧厨作粥食之戲報此詩

學佛疲津梁辟穀乃不可長飢東方生胡能達青瑣遺誚桑下留餓悲菰間墮墐戶類蟄蟲縄牀擁絮坐橘橘聞叩聲于思劇憐我三升分倉儲精鑿出揚簸作糜感殷勤丸銚撥宿火一飽計已奢何須炙車輠

月夜陸立劉乃大見過

一卷細注陸德明千鵰不辭劉公榮譚經飲酒得二友時顧寂莫僧寮清奇葩芬口義可取糟

此寓言理非詡獨我天寒夜失眠低頭決決霜月苦

閔華治酒送別

雷陂重相送餞席暫淹留人作浮雲笑酒生明日愁西風孤燭夜涼笛五湖舟繚白縈青外家山話越州

松陵雨泊

依然襆被返句吴蹤跡荒涼似野鳧一夕菰蒲打篷雨聲聲引夢入江湖

懷人絶句三十首

漢陰丈人甘遯跡筆札奇奧驅夔魖破費菖蒲
洗煩惱三層樓上汪蟲魚
數來武林作詞客市上獨傾酒百杯觀者圍場
頓擒舌硬弓力挽癲如雷
杪欏陰蔽菩薩泉壁挂鐼子空厨煙記得山中
秋雨歇大家來看兜羅緜
宋元雕本積萬卷夫子著書游禁庭近不得意
但高卧秋風吹老古槐廳
平生沈九嚴十六雕句鍊格超籬樊昨賦宮體
更新變對君端欲把降旛

玉練槌香天氣晴秋來曾訪長官清蘋花百里
快煙水桑樗一枝揺進城
流浪定悲朱邸改幽潛已遜鶴書徵年年送客
徒爲郡支俸何人刻七經
詩文酷似梅歐陽七十授官君寂强不畏早朝
待宮漏尺三汗脚滿韡霜
季子豈長貧賤者逸經熟閱祕且奇縛帚莽中
每來往尖頭僧請覆殘棊
嚼徵含商譜曲遲語兒溪畔憶爰絲渚禽喧聒
無來客雨散秋堂長澤葵

解印真成袁謝翁會稽仙令等飄蓬逢左車作惡
何人問只合抽身藥院中
今年專仿甘風子論畫老兄時見招漸漸斜陽
平水閣簷花顛倒散魚苗
疎放偏能堅酒戒滑稽豈願叟華裾春城絃管
春如海多少蛾眉笑喫虛
御紅千盞抵千團圞王輕拋客惡灘三載歸來
歸便去花開却讓別人看
慧郎赤犢踰淮至說道渠爺遽棄家移向軒轅
臺頂住鹿牀輕載獨輪車

裝潢莊嚴賢伯仲畫中眞贋辨精麤寒家一厨
付火刼只賸鉤金灌佛圖
談笑項侯妙天下撑腸拄腹多異書壯哉尚欲
走輦轂鞭掉西風禿尾驢
一瓶顏色勝秋泉留待相逢話洞天落葉打頭
如過雨倚江樓認孝廉船
陳三與我稱至友年復年來悲斷萍試問蕪城
苦吟客落花憶否結埼亭
七年不見朱循吏往事漫漶如埽塵聞說休糧
買山隱白髭鬚稱罷官人

片石岡巒各殊狀果然嫵媚若煙鬟紛紛誇有
空青府可敵玲瓏繹望山
琴傳樊氏古良工君趁涼颸彈塞鴻堂上槐花
飄一寸七條絃在水聲中
沉湎直可呼黯伯朝朝醉死忘頹齡有時誑我
說斷飲怕我上天囚酒星
蟬腹龜腸清若無九朝三食真仙儒井闌淘米
日趁影一笑騰騰㩀竈觚
童時頑劣逃邨塾連臂比鄰蕭八郎不識春光
是何物白薔薇底捉迷藏

散職舊銜冰樣清初刪苜蓿又發葫糟牀漉酒留客聽家婢合和骨董羹

收藏三百十種帖一一舊搨浮古香乞君題遍極攷訂爛紙敗煤重開光

金牛湖上漲層巒烏榜紅舩昔共歡纔看拋墒過冷節落花飛絮滚成團

今秋鄭國歸來後即訪荒齋賭酒尊團坐繩牀夜聯句百蟲啼雨葉堆門

樂府十篇音節長衆中猥誦風騷狂莫教傳入京城去驚動龐眉老侍郎

畫蘭竹自題紙尾寄程五鳴江二炳炎

寫竹兼寫蘭欹疎墨痕吐一花與一枝無媚有清苦擲紙自太息不入畫師譜酬人分精麤妙語吾所取鈐以小私印署名隸書古半幅懸空齋色香满巖塢隱坐整日看冷吟獨閉户飲水張玉琴斜陽忽飛雨

江上遲厲二鶚

[illegible]琴有澀聲昨夜雨不止嗒然罷空彈獨立當門水新漉酒一升冷熱味何似墟煙山葉中知君來曳履

近溪菴懷示諳上人

菴改團瓢形溪迷白沙路十年不來遊經行憚寒沍皛皛銀色雲盤盤螺髻樹夙愛軋氏瀍永懷己公句可憐在山僧三徙城中住

曉登棲霞嶺歷水樂洞轉憩慧日精舍覓壁上題名汎湖而歸雜書三首寄昔年同遊王耍周京司直金士章厲鶚汪潭臺諸朋好

冪歷雲容翠巘寬此間濟勝若驂鸞野梅苦竹無人見破曉冰霜各自寒

煙林葉盡聲如掃山鳥日高啼已空獨立吟成
有誰和一方寒玉水丁東
蛛塵蘚墨認依稀惆悵題名身世非坐對諸峯
浸湖面黃妃塔下放船歸

宿韜光飛雨軒

隙塵抖擻上方眠飛雨軒中暫息緣試問蒲團
琳長老可曾聽厭滿山泉

小善庵予别業也舊鑿磽确得泉涓涓冷
冷廚僧常取供之因作是詩

擿泉鑿石根我家青芝隝源非黷而惡蒙蒙天

奥府疾風中多纆怪木上欲齧齒洞深納積陰雷雨不敢洩入山瓢杓喧引供歲沃沃僧厨十二筒斷竹復續竹擊聲若礧硍高秋聚沆瀣三漱勞舌神可以消宿憊

臘月二十四日江上無事因出家醞要諸鄰翁小飲

曾讀逸民傳南邨舊隱淪清江圍屋樹寒甫對牀人歲晏藥苗路花開酒國春依然敦漢俗祭竈請比鄰

江上歲暮雜詩四首

清雍正十一年刻本

內史書蘭亭絶品閲世久風流翠墨香得之獨漉叟舊爲劉山人所藏楮爛字畫全光華神氣厚舊傳七遺民淋漓跋其後惜爲老黠工名蹟已割取櫝去珠尚存何傷落吾手少日曾習臨摹帷羞新婦自看仍自收空箱防汙垢一事勝辯師未飲缸面酒

冬心齋中石刻禊帖

有物爬沙行合眼聽怪絶索索復苴苴天寒之一夜雪撒鹽與鋪糅清曉生萬潔牀琴凍折絃菴門荒朊闃主人病躭愁澁縮中陰閉身比枯木僵心如宿火熱坐失江上山微茫辨明滅新添

空澗中泉聲日嗚咽雪

高生作畫圖送予還鄉土淡墨善工愁至情寫終古巒巒剌孤城愔愔飛小雨戢脊江南山樹有別離苦恍聞吹浦笛又覺打津鼓吳艭一雲行朔風渡揚子叶抵家市月深悶懷若墻堵展軸每思君何時奉清麈題廣陵高翔送予還錢塘山水軸子

古鏡破難照中斂寒月精幺錢薄無用上漬丹砂明嗟吾兩不如萬事忝所生可憐窮烏賦鄉人多譏評戲荅楊三十五知

雪夜懷吳興姚秀才世鈺

密雪飃空閉明鐙葉掃多思君若橎酒寒夜可來麽

書和靖先生集後

不婚不宦失津涯身後高名動慕嗟畢竟有人廬舍側俸錢治墓服緦麻

冬心先生集卷第一

雍正癸丑十月開
雕于廣陵般若庵

冬心先生集卷第二

錢塘金　農　壽門

章江繡江亭寄杭孝廉世駿桑貢士調元
賺得閑情半日看繡江亭似散花灘緑差差水
鄉心動只少東邊鬬鴨闌

樊川雪後至西坡庵尋陳文貞公題名
餘雪媚樵徑精廬策杖行眼明半峯影心洗百
泉聲馴鶴襬襬立朝曦曖曖生樊川陳閣老巖
壁有題名

與陳學士壯履晚食戲成三首

漫道蕭娘纖指同熏人辛味出柈中何能強食
過三斗酷吏寧逢郅突通
昇仙事渺髮斑斑銀押生光飣坐間我是江南
未歸客一拳如見潤州山
雪虐風饕飲凍醅圍爐偏向夜深來可知印綬
尋常物只博丁郎啗百枚

春雪

春雪玉塵飛春風柳絮稀薄寒欺綱戶清豔妬
羅幃斂袂奩棊掩哦詩篝火微小遊仙有夢今
夕降真妃

清雍正十一年刻本

伎席詠落梅二首

比翼青禽去不回花枝轉惜十分開粉縣已退衣香減空捧銀槎唱落梅

離笛含愁綺席春橫汾咫尺隔芳津而今月地雲階別玉女牕中夢緑塵

匠里

匠里聚邨落高春湛露晞溪清鑒堯韭山野臏周薇風以淳初古人多道勝肥耦耕今不廢椒醑共春祈

聖王坪

訪道通幽象仙山視聽殊鶴鳴知子午松吹叶
笙竽香霧迷三里天漿散百觚肯教容易別瓊
月閉金鋪

石淙院與禪人茶話

虛空同瞑坐盥拂老湯師一夕莊嚴論三生茗
果期花宮何窈窕欒樹自逶迤不厭春泉沸淙
淙檐下垂

桑林

遺蹟桑林舊熙熙物態舒地猶傳谷飲人半雜
廛居匼帀春山遠冥濛社雨餘回瞻禱處如

侍六龍輿

吉祥寺泉上十韻

新霽來山中精舍騁遊眄始入灌木陰稍深冷風善維南豁平疇極西聳浮巘靜雲一族居幽澗衆流衍沈出浸淺莎濫時破重蘚濇濇靈液華涓涓連珠演手斟不亂淆口飲有廉辨即此澹交訂君子意非舛惜哉無名緇緑塵鬭茶荈明朝續水緣石鼎攜松筅

過北碕精舍得宋高僧手寫涅槃經殘本即題其後

欲嘗米汁來禪扉孤松解帯剛十圍向日苾芻
香馡馡馴禽相對無妄飛懺堂拭案白拂揮漆
龕朽壞生蚷蝛殘經一卷認依稀口誦深悔前
毀誹彼國長者忘是非文字不作陰符機聖僧
手寫心弗違朱絲闌好界畫微法王力大書體
肥肯落人閒寘與饑閱歲六百方我歸如石韞
玉今吐輝此中妙諦多福威昆明浩刼增歔欷

緋桃花下喜雨

東風作惡春無據花上浮塵吹不去忽聞好雨
淅淅鳴虛廊灑瓦天將曙轆轤井畔紅崢嶸夭

桃漸破含笑迎一枝半葉一一沐浴從此穠華分外生

伎席

丁香花弱飄成泥東家蝴蝶西家飛春風三月細馬騎秀靨破玉雙眉齊下馬入門戲牽衣繡韉餘熳無人知舥船鱗鱗一棹迷琵琶笑撥月色肥金源曲子聲如絲外洋粉巾來索題釵光鬢影紅袖圍冬冬郎豔體賦贈誰銅蠡晤咽烏夜啼醉鄉勸住歸不歸對面何須生九疑

蟢子

雙燭生花送喜頻紅絲蟢子漾流塵不結綺牕
雕戶裏恰無人處上羅巾
山中吉祥草忽爾吐花抽莖高出葉上連
綴紫萼若排粟然觳之妙香逆鼻眞秖
林幽品也古老嘗云十歲始一開終鮮
有見者今獲覩此實予之厚幸矣因賦
轉韻五字詩記之
蘐草可忘憂靑棠能蠲忿何如吉祥花伸眚開
笑吻葳蕤抽亭亭攢萼明含龍燈一領紫袈裟恍
對天台僧善相本端然忻忻若舊識莫使姹女

來亂汝好顏色澗風無緐聲逆鼻淸香生轉恨
九節蒲仙茸空負名

送賀十五德輿之辰州

五月沅陵道毒淫多畏途涓滑稽齊贅壻潦倒楚
狂夫霧嶂砂牀暗蠻溪銅柱孤此行悲老馬誰
與秣青芻

送性原上座還青浦

夢醒槐根日未晡願聞妙法闡醍醐石人閉口
寧相妬蓮子空心自不汙成佛莫教靈運後彌
天得似道安無袒肩持盋師歸去如蓋涼雲薜

瀫湖

攜客步至七桥灘望樊山

各領清涼味愔愔虷塢深沁脾向花水張腋立

風林君作洛生詠我彈越客琴芙蓉山九點濃

翠撲衣襟

梅子岡

引眺梅子岡林端曲盤上雖無一鶴隨已與孤

雲往飛瀑暢秋源前山開翠幌叉手立移時庵

門揭茶牓

石閭道院

巘羲俯石閭赴嶺得幽造花癯向夕斂水活入
林冒顚要白兔公齋房誦眞誥啖芝七孔明心
光翳盡掃

遊王屋山

不駕短轅車不騎伏櫪馬手拄猢猻藤獨遊到
巖下松栝風棱棱亂石如隕星留我三日任雲
白山轉靑衆山列修眉野雲覆成幄朱衣烏一
雙其音奏韶樂靈藥滿目前傳聞灌香泉年年
長芝朮仙官亦種田

尋壬孟尊師草堂

清雍正十一年刻本

遺蜕懷仙史翠微通草堂何時安藥臼于此置繩牀叩玉陰泉出如人雙樹長嗒然白雲外巾舃得清涼

水經注云析城山中有二泉東濁西清左右不生草木今遊斯地但見灌陰鬱莽而已靈源故道失其所在感賦此詩

峭閣飛梁想洞天山中遺跡已千年無端草木叢生緑不見東西清濁泉

樊口西郊行藥

何處病眼開荒荒劃昏膜不著比丘衣尚留居

清雍正十一年刻本

士屩樊上得延佇信步歷榛薄孤磬清磬空諸峯白雲各此閒微徑僻斜景閑墟落誰識地隱人時來一行藥

龍涎香二首寄吴秀才焯厲孝廉鶚

氤氲盤梟驗香煤如帶龍堂曉霧來懶與人閒鬬檀麝射夕熏睡鴨已心灰

方壺島客渺難逢一餅凄涼話故宮南渡銷亡天水碧空傳樂府補題中

憶康山舊遊寄懷余元甲高翔馬曰楚曰琯曰璐汪士慎

曩哲風流地朋遊數往還飲盟無筭爵花杜一家山談藝揮犀柄填詞按翠鬟相思渺天末腸斷茱萸灣

寄丁敬

被褐臧（藏）榮緒躭貧范史雲立言敦雅頌取友別蕕薰蜀郡草堂集陳倉石鼓文何年共幽覽矯首海鷗羣

懷吴門陸嶠

公子美無度讀書吴郡閒門留欝林石牀對小雞山終歲淹秋駕何時綴玉班殷勤通旅夢細

雨穆陵闕

吴江朱志廣下第後聞作粤西山水之遊

詩以懷之二首

席帽奚傷落羽悲曉辭魏闕又天涯白藤書笈

單車出誰送才人沈亞之

玉筍瑶簪山態新灕江正好浣緇塵桂林風土

君須記聞説梅花也瘴人

遊天壇值雪

璿房璚室路幽微晨降雲軿萬玉妃記取年年

石幢側仙人剪水作花飛

憩王屋山後十方院二首

斗室虛無隘九州蕭條還作采眞游黃梅花坼
融朝霰疑是銅仙鉛淚流
大椿靈餌話堯年鍊液升煙日馭前玉女投壺
天一笑人間何苦種桑田

樊川梅花下獨酌懷沈助教閔述蜀中

一株忽見謝公墩無數花鬚綴玉痕香墮酒杯
隨入口影斜苔閣正銷魂風塵不憚冰霜路家
世應知水月郵驛使難逢空悵立故人芳訊隔
彭門

清雍正十一年刻本

東峪訪馬山人復圖卜肆

高顙稱狂客端居證道情避人華獨坐請雨束
長生呼吸天關闢神明水鏡清揲蓍兼布卦江
國問歸程

寄贈陳徵君約

辭却三公位桔槔日灌園中林絶蕭艾隙地長
葵萱避世子孫樂隔雲雞犬喧龍門山可到九
曲探河源

春苔

漠漠復緜緜春苔翠管圓日焦欺蕙帶風落笑

榆錢多雨徧三月無人又一年陰房托幽跡不上玉階前

樊口

名山一百里樊口似丹丘巖戶雲孤注花源水四周塵袪持隱訣松卧恣天游桑苧江南客風流老此州

寄家書呈江上諸兄弟

燧易星迴逺報書鄉愁如瘧笑驅除數莖白髮千杯酒九曲黄河雙鯉魚中歲弟兄貧亦好全家煙水夢何疎海鮮橋外樟亭路無賴春風三

月初

老子祠李花

月夜長明洗眼昏上清一氣貫仙根玉鈿霧縠休輕比恐汙玄元七葉孫

平定道中

雨後春流瀉黛脂李譚作頌託微辭行人飲馬來偷見一陣花飛妬女祠

悦公溪上紫藤著花

覆澗藤陰合開時瓔珞同百年無夭閼三月正玲瓏弄色魚鱗上吹香佛鉢中吴興思髣髴花

瀨紫濛濛

晉陽遇同鄉李叟載通二首

記室相逢幕府清玉溪箋奏擅才名婆留鄉語聽來熟恍在春風衣錦城

白髮蕭蕭映綠尊每談古蹟黯銷魂明朝殘樹殘山外一弔離宮賀六渾

遊晉祠

叔虞祠下叚水木發清妍藹藹長生樹泠泠難老泉影如青繖立味在玉漿前更領涼堂趣風中揮七絃

次香山驛

香山驛斷飛狐口折臂難誇射鵰手昏霾睞眼脂流泔欲覓清陰少楊柳左驂右騑何足奇但恨匹馬行阨羸稊田米賤那得食短後之衣風披披吹角嘶笳本游邏忼慨悲歌有誰和百里宿店馬亦飢飲齧滿腹槽下卧我心兀兀墮渺茫不隨騎吏隨艑郎富春江上足煙水凉笛一聲汀草長

題靑林溝所居

塵坌炎光晝已空投簪久羨濯纓翁鮮花活水

山中路輕筐纖絺林下風烏榼一雙貧不廢金丹四百老彌工何年得遂茅茨約黛色玲瓏遠可通

唐撿討繼祖除祠部郎中有寄

南宮典禮出蓬池星位推尊衆所知舊日文名沈家令新年官職趙中儀冰廳風冷披香早藤格花明退食遲若夢江湖應念我投竿釋褐渺無期

詠頻婆果二首

晚涼纔過浴蘭時一種甘香欲墜枝爲語玉溪

溪上女不勞紅豆寄相思
臙脂塗頰粉肌明瑶席新嘗別味清翻恨炎州
鮮荔子秪同風露不同生
月夜紫薇花下有懷陸舍人慶元陳吉士
師儉
如聞仙漏暗泉中冉冉芳魏月浸空今夜應知
宿清禁青綾客對紫薇翁
午亭山邨陳文貞公居里也去公薨後十
五年予乃遊其門與嗣君學士爲筆札
之徒每企公之清德餘風合乎古而不

可没者因連綴成篇計得小詩四首較之夸毗無徵之音微有異焉

獨持清德道彌尊半飽相國自號半飽居士遺風在菜根廐吏尚然思楚相棧車牝馬久無存

河嶽精靈絶代誇恥居王後論詩家瓣香一脈纔如願蛛網粱塵拜絳紗

溪上青山接太行午亭便是午橋莊能消裴令生前憾繡尾魚今尺二長

令狐學士被恩齊趨步曾登白玉梯夾道槐陰門似水雨餘好護舊沙隄

汾州于郎中灝遠貺隃麋戲報三首

古香清不醱一挺復一螺老夫亂塗抹却勝畫
雙蛾

羊眞孔草已矣書法以心爲師昨日墨池乾涸
重開花更淋漓

蛇孫蛇子久摧枝那數松煙含綠滋磨向晴牕
鈎石本崇徽公主手痕碑

過濟勝講寺

入寺戒壇古遠風吹塔鈴空廊且麤飯淨手獨
繙經林瘦多病葉鶴孤自長齡連宵有山夢夢

見衆山青

湘中楊隱士𥹉寄遺君山茶片奉答四首

茶稱仙掌夙曾聞白絹紅鈐逺寄勤除却巢兄無別客開函疑有洞庭雲

安得中泠汲滿缾楚狂毁後愈芳馨煎時若入薑鹽味豈異𧥄秦施五刑

明𤒹山容茵䓘天踈寮涼院證因緣笑他紗帽籠頭坐水厄虛名直浪傳

八餅何須琢月輪不如細啜越瓷新漫憂銷耗通宵醒元是秋堂少睡人

東岡卧病

蟾蜍兩歲照秋林忽忽奚堪百感侵久别金莖分草露頓忘碧海守蹄涔西方尚競椒蘭氣北里新除鄭衛音敢與王郎比朝隱愛閑多病閉門深

秋雨小止雜書遣懷簡陳學士三首來日

擬作九女臺之遊

層館竦且清人定無喧黷合抱樹欒欒連陰雨淋漉滴如寒漏聞夜比華池獨按書燭幢幢恍

陪玉堂宿

先生藁渴羌飲酒若決渠山中時拄笏花底仍懸車近從農圃言續記齊諧書物理不可測朽瓜化爲魚

玲瓏洞陽東前月窺天柱縹緲玉屋西昨秋踵靈府晨擬導沁流遐矚希風古攫身九女臺峯峯弄眢𡡉

十五夜對月有懷淮上舊遊

素華先夕淨雲靄忽到尊前分外佳已驗珠胎隨影滿可憐玉鏡借光揩西風一桁秋河路涼笛三更鴈齒階記得天涯流恨處照人頭白是

清淮

石閭曉起將遊洞陽山中

流影西斜月帳空披衣獨坐尚朦朧依人香草如湘曲爭旦清猿似峽中眼界明來千障失心苗開處九關通無煩市上壺公術好御仙山離合風

登陽臺觀

清齋朝盥入山行怳忽松幢葆蓋迎欲向月田除桂蠹願從雲海訪芝精心如絳闕三池滿足比青禽兩翼輕歌罷人間可哀曲陽臺觀側竊

留名

客來自覃懷見餉地黃奉酬十韻

客遊枋口來顏貌溫而癯遺我地黃好翠莖連根株言采藥櫃山經宿色不渝靈品彰土德流膏蘊精腴吾衰氣血耗六府如空鑪何能協風火兼之固機樞久服自奇效導行登天都入夜視有光心淵生寶珠抱朴語頗誕此物非青芻敢云飼老馬報君以良駒

往歲逢閻斂于襄垣道中旋即別去近傳流寓鄒魯間短句奉寄

去年芳草畔揮別上虎亭今夕涼波外相思小洞庭簖簖聞隊葉歷歷見明星試問東阿客曾抬帝子靈

寄王三孝廉斐并訊城北舊游諸子

激箭風高落木初思君終日歎離居山重水迴雲難合春北秋南鴈不如八桂桂堂知習賦一牀湘管定工書壚頭嵇阮常相見亦念殊鄉野髩踈

晏歲山舍夜卧

峪中氣凄厲晏歲白端結木隕山趾寒泉枯溪

腹泄夜惟粥鎘親書就燈檤閲通塞非不推吾
生秉苦節

雙雀二首

交飛凍雀意相關啄穗悲啼往復還漫道不逢
生處樂野田却勝紇干山
未許明珠逐後塵豈同寡鶂仰高冥烏桓城廢
空倉冷誰唱雌雄雙白翎

白丈慶餘見招以豆糜爲食走筆記之

草蟲亂啼豆葉青溪雨變凉豆花明二七爲族
極蕃衍莢肥偏向磪田生雖無畛域有行次秋

成不讓嘉禾名丈人年年自刈穫筐之筥之儲豐贏是日急雪大如掌冒寒招我勞邨氓一盤脫粟異舂碓菽乃熬粥藿作羹咄嗟而辦諳古法流匙滑潤含芬馨緼絮共歡致足飽奚用羊臛方登鉶此鄉昔聞閔仲叔弗求滋美充容形平居造席只周黨輒供斯食屏膏腥我與丈人稱至友調飢頓釋空腸鳴破冰得水漱口齒起立更覺迷晶瑩山中路斷見虎跡犇飈獵獵欺虛襦

立春日答張巽

如苔池水將鎔色似火花枝已釀胎此日芹盤
爭送菜春風暗裏逐人來

冬心先生集卷第二

雍正癸丑十月開
雕于廣陵般若庵

清雍正十一年刻本

冬心先生集卷第三

錢塘金　農　壽門

遊海會寺

青陽更始正春融拄杖來遊此寺中陰壑斷崖泉出樹飛簷浮柱塔生風經殘未覩番書妙佛古猶傳塑像工懶學朝天奏韶頀自憐蹤跡一龕同

卷髮曲有小序

卷髮曲悲彼姝中棄而爲房老也予寫其紛亂之思託己之微意焉噫同情者

可以怨矣

舞釵股折粧鏡沒膏沐羞容衆芳歇黃支之犀巧琢誰偏似天邊未圓月欲理翻愁同亂絲趙家新髻儂不知一梳再梳已決絕那復纏綿是舊時

遊竇氏別圃衛秀才惟順相邀過其草堂閑話

駘蕩春遊戀物華已忘寄跡在天涯活禽生卉看滕宅石礎松檽過薛家巖隙尚須搴月幌酒中只少泛星槎潛機幽賾皆名理衛玠清言似

永嘉

題郭外人家種莎

滿徑移莎短鏃稀閉門春雨鬱生肥勸君牽犢扶犁去好織青青襏襫衣

兔垸之陰有野花色如退紅每迎朝陽而開惜未及日昃則飄謝矣因成二首

暫沾朝露領朝陽鏡裏朱顏似窈娘半日開花半日謝背人偷泣負風光

野叢浮艷自無名却恨新恩頃刻傾若把紅枝較榮悴從今暮槿號長生

與謝山人籛池上弈二首

方罫楸枰布勢遲鈎連小刼動偏師隔宵涼雨波如簟想見銅池滉瀁時

腷膊聲中黑白機茶香鏺渴昧心微西南風急舟幾覆一角何人笑解圍

感春口號

春光門外半驚過杏靨桃緋可奈何莫怪撩衣嬾輕出滿山荊棘較花多

邯鄲花謝曲爲盧江應形賦

月頭月尾花謝開春雨春風客去來洽遊潛在

邯鄲陌酒卷白波一百杯而今賸有彩痕濺題
字枉心空愬面可憐掃地軸簾人前閣後堂都
不見建安才子動猜嫌那復聞歌阿鵲鹽久虛
消息通魚鑰枉說清陰窺畫檐簌錢聲寂莎堦
黒隻影相思長悵憶隱語徒教休洗紅燕支山
遠無顏色勸君收淚莫偷啼手弄狂塵爲破迷
畢竟東南孔雀故巢好雙飛終解共雙棲

慕園題竹

便娟修竹覆欄楹出格幽姿天與成薄粉分沾
何駙馬淸風合置薛先生湘中未掩含啼態淇

上空添掃翠情不見鷓鴣殊瓺瓺可知佳箙復負
虛名

重遊王屋訪唐開元時御愛松并韓抗爲
司馬鍊師書刻石不得小憩陽臺觀抵

暮出山

行尋御愛松偃蓋杳無迹憫兹百木長縛炬遭
幽厄又訪遺教碑批荅獎真籍韓康賣藥孫狂
書失鉤畫二者渺莫逢重來空念昔願遊不死
庭丹元噏津液滅景走三尸潛光鍊九魄此間
陽臺觀髣髴軒轅宅芝囷納流霞蒲澗委玉舃

我欲近掇之左神恐呵責學道苦云晚取誚古
逋客日落毛髮森出山悲天窄八極騁輪蹄難
追崦嵫迫

横山舊廬獨吟

朱夏慕閑闗煩痟或消殄子子人跡稀離離花
光泫列岫窓靄蔽微鐘磵路緬松下白骰輕凊
風勝和扁

松花

五粒三鬣想物初非花非霧伴潛居麻姑滄海
塵相似炎帝香蒲粉不如雲葢結時朝絳節鶴

清雍正十一年刻本

巢傾處點青衚果能服食身輕舉還逐熱陰脂勘異書

孤蟬

已散青林樂孤蟬送夕颸露涼金鴈驛柳斷赤闌橋枵腹無全飽枯形非一朝遺榮守清節不共侍中貂

張二丈伊以白苧布見遺感作十韻

白苧一匹新出機銀光爛爛雪澧澧阿翁笑贈意良厚却勝祁陽之輕絺周官書載厥名好疏物更見風人詩其長四丈濶尺五縝密何減冰

蠶繇感君知我有野性裁成曲領寬袖衣罕逢襱襶少苛禮椶鞵桐帽方相宜今夏此邦多凋瘵糾纏疫癘民苦飢旱魃搆虐土龜坼雌雷晝鳴雨不飛胡爲卑處受毒熱鄉心早已歸江湄準擬松毛縛棚香透屋涼颸穩卧黃琉璃

初秋養疾樊上

巖居養疾逺郛壥葠朮多于粥飯緣秋澗曲流喧枕上槐花一寸積門前未忘舌本思今日尚揁腰圍似去年雲笈珠林從妙悟絶勝騶衍共談天

榼山寺示諸僧衆

曡嶂鉤連擁磴斜迦藍齋會設無遮佛煙聚處疑成塔林雨吹來半雜花年記鼠兒碑尚在山尋雞足路還賒欲求文字資禪録須辨緇帷茗一車

寄贈于三郎中山居四首

身離束縛卸犀圍白袷披時少是非抖擻絶無塵土雜豈如十日澣朱衣

彤闈瑣闥了前因省直年光夢未真試問仙曹春雪裏乳毛松格屬何人

藥苗五葉當蔬畦穩卧家山丹竈西久别觚棱朝謁早淮南不養汝南雞

而今隱作爛柯翁三百枯棊誰與同一詠覆圖聞雨句秋鐙却憶鄭郎中

菖蒲

菖蒲九節俯潭清飲水仙人緑骨輕砌草林花空識面肯從塵士論交情

北寺水廊聽雨有懷虞十八以潛

僧廊聽雨寫明珠塵垢齊蠲煩惱無忽憶緑蓑青笠客池邊合眼即江湖

中秋夜翫月感作二首

當頭無翳欲梯空畢竟銀潢濳可通世上浮颸與纖浪不教闌入玉輪中

蟾户光明盼一年露盤㵝桂又涼天須憐今夜金波苦何處團團照粉田

東岡之下老屋三楹陳文貞公讀書處也予嘗遊憩其閒懷企有作

秋氣斂虚館東岡生道心林疎風脱翠山暗雨添陰既有出煙磬復多聒渚禽六時喧寂意欲繼謝公吟

清雍正十一年刻本

海會寺池上觀魚呈道禪師四首

不戲田田蓮葉東浮陽吞餌樂無窮阿師撫掌

留公案大海何如沸鼎中

紫鱗勿損有懷珠活潑天機相沫濡未必歲收

千百利堂堂策策少驚呼

憑檻風來聚藻涼可知聞法喻空王撇波逐隊

爭迎我錯認臨江白石郎

八功德水溯靈蹤清淨雲山覿面逢恍在放生

池上坐拋殘香飯聽湖鐘吾郡西湖上有放生池往年嘗遊其閒觀僧施食

東岡望砥柱山

砥柱峯高儼帝囷每于檐隙挹鮮新酒場莫負今朝約風掃踈林雨洗塵

白鷴詞 有小序

蕭頴士之言曰白鷴羽族之幽奇也神貌閑暇不雜于衆鳥人莫得而馴狎之若紲乎籠樊之中殊可嘅已兹覩其毰毸拘囚之狀似類予者因成短歌珍禽有知能弗引吭悲鳴一和予耶

白璧一雙買白鷴主人三載愛漸慳朝來不飲

亦不啄何日開籠返故山素襟難易原太潔身若穹廬古時雪安得見爾生逢南越王西京貢入趨步隨鑾鳳凰

上黨道中二首

霜驛平分朔鴈程天連上黨識雄名他年若掌周官樂好驗山中牛鐸聲

尉斗臺荒漳水寒壺關西隔路迷漫遠峯挽髻雲堆絮偏在匆匆馬首看

聞喜縣中早發行四十里宋秀才士諤乃出豐餼相邀午食因紀長歌并以述連

日勞役之不同也
驛鼓紞紞打五更羊胛已熟東方明落葉滿頭
人曉行馬蹄鬆快沙路平轉憐前日歷奇險左
縈右旋皆山程午攀峯脊穿嶺腹恍如百級登
梯搖懸旌其上石門東闢鑰窮陰出鬼含怒獰
人馬困憊欲齕咋解鞍投枕舒煩情今朝坦𡰥
筋力健况復曦景鮮雲生當年韓趙空戰鬬時
清安有烽煙驚絳水涑水渺何許徒令懷古吁
交并邑中才藝數裴秀後來領袖多儒名襄陵
之酒果易醉西郊汎醳勞相迎餔腊膜胰非不

飽未免秋風刮面思蕁羹

詣廣滋上人齋堂蔬飯望中條山

淨名已悟小輪圍紺宇精嚴一欵扉孤竹瘦於尊者相野雲白似道人衣何曾心地妨禽鳥且向齋堂飽蕨薇試上莓梯腰脚健中條山色見纖微

入王官谷

棲逸王官谷清暉日夕娱一池寒藻合三詔舊堂無荒壟除山税東菑足晚餔土風稱習儉仍不改唐虞

蒲州劉高士仲益隱居不仕時時斷炊作

詩慰之二首

林藪惟知味道腴長貧何用計華枯解嘲却笑
丹陽尹一斛檳榔消食無

我亦枵然人外閑飢腸時復破天慳采薇歌罷
鉤簾坐飽看君家雷首山

書乾朕子郭汾陽事

旌旄開府攝兵戎永鎮蒲州郭令公自古功名
堪一笑元來河瀆親家翁

渡黃河二首

沉璧曾聞致太平龍門竹箭疾流驚星源自解
通銀漢豈待千年後始清
喧豗怒觸起盤渦曲憶箜篌怯渡河從此登車
問騶卒夢時可有惡風波

前年邂逅郭十一詹吉于滄州昨歲又遇
于沁縣令秋寻過登封意外把臂感而
有作

康莊迷軌失亨衢潦倒秋風獨向隅萬竅不休
悲宋玉一毛無濟泣楊朱日斜黄葉先朝寺山
映青旗賣酒壚話到前期更憐汝三年三處客

音殊

舊有寫經研自爲銘曰白乳一泓忍草一莖細寫貝葉經水墨雲山粥飯僧屬廣陵高翔以八分書之汪士愼鐫其背往歲攜游京師僦居慈仁寺六月多雨青苔及榻客厨時時斷炊竟易米于貴人矣今偶登嵩高山過片石菴閲釋氏之書休憩樹下忽念故物率成二詩詩中雜述所感不專言研也

紫衣三載已飄零筆墨無緣再乞靈今日齋堂

清雍正十一年刻本

空一飽思惟樹下悵繙經
手閑却嬾注蟲魚且就嵩高十笏居到處雲山
到處佛淨名小品倩誰書

過玉晨道觀潭上
潭上淨難唾坐見新泉豁竇竹不爲喧濾雲始
覺活黛影幻所思狂名戒相掇如在洞霄宮尋
源一杖撥

中條山下人家
蒼翠中條路人家荒史前逃名却蒲帛無象喻
冢筌廣場勤春稼長廊畫古賢好將山下水一

灌涑陰田

坐洗藥泉上出匣中雷氏琴手絃而口歌

之

琴古之子遺黝面心匪爛今出幽匣中零落殆

已半所幸五音全和平不我叛客居若架巢女

蘿以爲幔一曲楚明光緩爪自澡盥彈無剿絃

憤聽有捎斤歎松吹過流雲溪籟激清旦謝彼

撼鈴人毋來姣姣聲亂

寄盧郡掾叡

之官已三月高臥狎青冥牀上列茶䤚花間鏁

印廳無言慕刁琰大道問瞿硎聞説謝曹掾行尋千歲苓

過茹桑仁者方丈禪話

方袍林下緇相見折松枝古水自荒喬連峯轉委蛇龕龍深寂無垢雲白淨如篩後佛桼前佛淸涼生四肢

題湘陰女郎畫竹三首

粧閤流風洗黛痕管夫人法卷中存生來不畫紅花樹怕見倡桃笑倚門

竹枝新長楚江頭便有煙昏細雨愁若説無心

心最苦斑斑湘女暮啼秋

物外嬋娟用意深此君寫照在虛襟散傳南國知增價豈止吴兒一鋌金

戲居玉溪與無悶講師精藍相近屢過率贈

聽法何心發愛涎溪光汃汃石戔戔一牛鳴地時相見雙樹影堂還結緣消受佛香方外客潛通茶夢定中天南宗釋老門風在拔苦元來出四禪

盧郡掾官齋銷夏即事有贈四首

笑釋形拘坐綠槐黃粱未熟睡先催問君轉乞

邯鄲枕入夢無須出夢來

濟源水味恨難同茶事殷勤羨乃公野竹也知

能請客暑風都變作清風

冷金牋上五言多才子偏教鬢已皤花塢夕陽

吟更好而今大曆勝元和

退耕決計話抽簪九品官貲七不堪攜手山妻

鹿門隱草堂何必在終南君自秦徙居楚中迄二紀矣

秋雨坐槐樹下書懷

昨宵娟魄明銀蟾似水瀲瀲棲短檐雲翳那礙

半影好露洗轉覺清光添低頭思鄉了無益三更著枕垂風簾今朝褻衣換敝笥滿城秋雨飛霏霺陰晴之理意難度豈能乙巳窮窺占階前老槐十圍大碧羅張繖高厭厭花開未落葉忽落可憐樹亦生涼炎嗟予朱顔就沮喪口鮮滋味非醯鹽方枘圓鑿匪所用顧者却避多猜嫌客嘲賓戲深且險伯尼反貪盜跖廉江東士氣乃不振堅守中壘提封嚴何如傭書鐵佛寺寫經一卷直一縑

懷甬東邢十九大纘秋試二首

高槐簒簒簒簒報花期花愛秋黄弄雨絲遥憶西陵
渡江客擔書可有僦船資
白頭未嫁守家機周召餘風好發揮料爾今番
領鄉薦三杯仙露换麻衣

懷張（機）客淮陰黄（樹穀）客廣陵

清淮淼淼接雷塘二子淹留各異鄉心跡無聊
如賀老風流不墜在江郎對花鏤管知爭巧乞
食吹箎也覺狂念否春華戀分袂啣杯相與坐
藜牀

寄盛上舍綸三首

江墅逼僧窩談禪卵色天瘦權與癩可(謂孚中聖眼兩)小師同坐筲箕泉

里中詞客惟汝苦調潘郎鬢絲今日阿儂憔悴秋霜也到吟髭

紫琳割得自端州相贈煙光浩不收笑比水田三百頃代耕何用濡蹄牛(春閒予曾以手製田研奉貽)

茶事八韻

雲根一蹄泉白乳好顏色汲來日煮茶準之自有則離火斥穢薪溫谷用無息候湯毋妄沸司命在盡職鍑古爻牀支甌香淨巾拭櫝蔎品不

同甘苦味全齑何如小峴春獨飲逼仙默蓬蓬
肺渴塵驅去若五賊

八月十五日夜對月寄內二首

一夜光華濯魄新明明穴鼻認來眞月中田地
知多少不見花開散麝麝塵

刀鐶有夢逼秋期料得家人歌扊扅江上歸船
杳無信可憐虛嫁弄潮兒

攜酒送客

毿毿幕韋韝客去初客中送客折轅車晚峯千髻
煙相妬清酒一椑玉不如冷飲果然添耳熱愁

看從此與天踈馬頭生角烏頭白塞上悲歌磨盾書

旅夜聞箏贈别孔氏兄弟三首

彈箏峽裏響淙淙豈是秦聲按瑣牕紫鴈斜飛絳河近不教零落一雙雙

開元妙藝幾人知曾拜瓊瓊作女師細數哀絃剛十四此生長恨月圓時

夜闌手語動離心我亦聞之凄怨深難免西風傷老大恍疑孤艇泊楓林

題賣餅家壁

葱肆漿房半故儒康衢賣餅亦潛夫淒淒爕爕油鐙裏讀罷公羊一卷無

雨夜寄廣陵諸子

一鐙如菽雨緜緜揚子橋頭阻逺天葉落晚潮思楚樹酒添凉席夢吴船王曇何減聞歌日陸展尤憐染髮年通夜蕭騷不成寐傞傞獨鶴感孀眠

送周郎赴劍州

曲換明珠天下無岷沱西去寸心孤若逢蜀道蕭蕭雨一弔伶人張野狐

懷鮑十四涿州

酈亭流寓注書成自有清貲日下名一束腰犀須早辦范雲來歲即公卿

送猗氏杜祺孫之雍州

劍鐔扣罷又重看飯顆山前骨相寒天上雙鸞求未得河東五牸畜何難且同吟社親書藥莫以離杯負菊欄此別霜華快如洗到時落葉滿長安

觀獵二首

飛鞚疾于鶩鳶射生惡少年風毛與雨血何苦汚

青天
萬事落人後馬箠空有銘不若揖縣卒尚知太
白經戊申九秋予在太行道中作馬箠銘銘曰滑溪之籐可策而走籋雲籋雲毋落人後

嘉定楊謙以水墨畫梅見寄不減清𡰥長
者家風客總展看如掇冷香漫題二首
一枝梅好墨淋漓寄自逃禪老畫師所恨未曾
親見得鉤完花瓣點椒時
莫認緇塵涴素衣畧同清瘦是耶非水邊林下
從頭想如此江南不早歸

冬雪

稷稷冬冬雪深即之在林表噫氣失燰威頑寒出陰矯正如客心苦墮落無復蹻相警保堅白勿使不潔擾

著敝裘寄丁處士江上

羊裘雖敝戀此翁歲久毛禿非茸茙貧憐老鞹勿可棄故物却與故人同是鄉九月已飛雪衆草悽枯百蟲閉披時未抵酒力融身弗燰兮心轉熱朱門值得一錢無較之冬冬給回寒嘘手皸欲覓不龜藥江頭洴澼今何如

送西吴詩僧超畟南歸

詩僧新得靈運孫杅山集好十卷存苦吟五字振禪藻家風羡汝眞荃蓀臘月行縢趂清旦歸去還應弄柔翰冰雪之交花正開佛龕寒香吹不散

木瓜山下賣花翁見送木瓜報之小詩

不數宣城簇露枝額黃顔色映書帷園官送到香如澁正是客心酸楚時

雪中懷汪十六潭客居梁溪并寄王先輩澍

昔時緑池上聽雪捉舼船此日黃茆外離家負

秋田幾生續流詠何物駐凋年因念夫椒客充寒有半氈

懷陳學士午亭山居

思母菴長鍵相違歲月徂高松戀雲壑飛翠濕山廚詩擬剡中好泉聽樊口無不須緑玉杖醉倒兩兒扶

墮車戲作

衝泥郭外聽轔轔轔難覓當壚飲火舂失笑連宵夢芻狗餓夫翻作墮車人

己酉除夕

客歲更難挽堂堂去寂然自添商陸火誰送水衡錢疊鼓聲何逼孤杯味可憐枓中消夜果風物憶南天

冬心先生集卷第三

雍正癸丑十月開雕于廣陵般若庵

冬心先生集卷第四

錢塘金　農　壽門

元日過張少府小飲花下

仙尉逢梅福同爲上日吟鼻香開酒庫眼亂入花林賫物春溫早迎人善氣深西山掃殘雪蠟屐試登臨

沽酒

沽酒旗亭雪後稀玉釭辜負典春衣新年客味渾依舊無恠空瓶𣮈毹歸

人日寄小姪二首

咢咢飛光催客頻元辰纔過又靈辰池冰忽泮
花銷雪果信春風是恨人
干里歸情攬晏眠何時接手玉華前阿咸定爾
憐頭白嬾逐銀幡鬬少年

憶茶

草鋪緑罽地無塵朝日熹微榆火新兩串春團
三道印不知茶宴赴何人

水北蘭若與孔毓銘對棊即送歸里二首

僧寮一局子丁丁本欲忘機機反生筭盡苦心
聞見絶松無爻影水無聲

合離聚散各如何君說還鄉卧硼阿來日休棊向歧路路中歧路較棊多

過善師禪林蔬飯

病起維摩招客來鉢囊初解小徘徊澗鐘山磬經時聽意樹心花頃刻開昔夢詎忘青豆舍妙香尚驗白檀灰從兹斷飲吾何有多事春風勸舉杯

訪韋隱君用良山居

先生履韈笑雙穿不礙幽尋精舍前樵斧無聲雉登木巖花弄色雨添泉兩朝耆碩遺風邈百

氏菁華副墨傳從此槃游申古訓往來人擬洛中賢

東郊客舍寄章十五全人

風襟不整減心情一任牀塵滿把生但覺交游無鮑佐幾曾才藝識蕭卿春浮暖陌芳坰遠花坼山櫻野館明只合杜門稱懶放注書且喜腦華清

過長林寺

青山傳捨宅一宿去來緣樹下問僧臘龕中送佛錢連陘迷壞磴細綆出新泉露地牛何在千

畦欲募田

上巳日禊飲風漪園有懷顧十二韋之客

洛陽

三月重三節紅敷正好春浮杯曲池映濯髮禊堂新絶少衣分麝無煩扇障塵馳情想溱洧亦有未歸人

蔡七舍人端 富于藏書皆手自精校曩歲曽一訪之今渡京江削牘寄予因荅來

貺

昔訪瀼東宅百千萬卷書今來京口信三十六

鱗魚丹墨捘無恙寒暄慎獨居臨風答嘉藻何
日誦瓊琚

雀啄覆粟曲

牛折角車淪泥雀爭殘粟天色巳黳嗜嗜嘖嘖聲
惻悽勸汝且食戒勿語無如飽腹將雛棲昔人
辨聽反爲累吁嗟從來口舌眞禍梯

遣悶二首

黄羊祀竈却無因故智昏昏喪所眞天帝聘錢
何處貸萬緡不及鄭商人
團團朝日出東隅多少驅車九達衢莫哂長貧

清雍正十一年刻本

河上客緯蕭自可得明珠

有憶二首

涏涏誰憐燕尾長芹泥冷落巳銷香換巢一去非無意不愛雕梁愛草堂

紅啼薇帳吐愁煙曲榭翻爲杞國天回想昨年花好些尚容酒病老夫顛

紅檐

隔夜𢹂蒱星陣横四絃愁是子絃聲合昏花下漸漸雨不放紅檐一刻晴

闞里逢華陽蔣三丈衡

昔君訪我蒲帆八幅飽挂東吳船鐵幢浦口立談斜照目注寒林煙是時各具豪氣詎屑事屠儈君誇強仕頭顱未白我懷鉛槧矜少年忽忽別去不相見者踰廿載塞鴻江鯉何處問訊同周旋知君遠走秦關三輔地鉤弋宮廢徒弔渭水昆明天比歲我亦惘惘出戶減懽味閩粵荆湘燕趙而達伊祁故都悲顛連黃河怒洩也曾窮源到碣石中條山色總在老夫七尺烏藤前今春鄉思頓起傲裝返越國車溓馬瘏難覓脂秣殊可憐道過闕里展謁孔廟觀禮器正届

皇帝重光檏桷新豆籩轆轤街南叉公陋巷忽
與君聚首顏家兄弟簞瓢取樂誠好賢初驚鬢
髮已變霜雪有衰態坐定轉訴羽毛凋脫泥土
忘飛翻君言抱經載槖來此聖人之邦償夙志
願寫淨本一一列入兩廡青瑶鐫我聆斯語獵
襟增歎息蔡邕往矣三體茫昧靡完全魏邯鄲
淳蹟就殘毀所留大曆開成諸儒楷法黌門懸
又言世尹愛客不遺舊闢櫨加堊爲君分餘田
軒窓開拓得以正心執管摹點畫六十五萬二
百五十二字毋頗偏惜我蔑落鮮用將乗秋風

放歸溜胡能快覩羣書功畢奏寘魯壁累禩爭流傳吁嗟華陽眞逸方疃湛碧自長壽他日隨君金堂璚館攝景尋神仙

題貯清館

策竹到竹裏竹風導我行連緜石多態灑濟魚至清忽見九節蒲不共衆草生問之了無荅仙貌誰削成

不睡枕上口號二首

攪舍鼾聲久破除不眠夜夜似鰥魚若須閉目垂簾坐此是仙人我弗如

居然枯腊称尪羸煮药空堂试一匙八万四千
毛孔里汗来微有睡来时

病起扶杖循廊小步二首

鲁鬬兰陵八百儿争先捷步尚嫌迟而今花底
红藤杖扶得晴廊立片时
蹒跚平地亦难前跂脚虚教摩涌泉不信去年
寻虎窟太行容易上青天

问颜大懋伦疾

榻掩青苔径没莎巷中深辙几人过海枯石烂
愁仍在凤躁龙狂病转多齐物彭殇原可拟同

年椿菌又如何憐君秋雨秋風裏擁被寒廳亦
抱痾

秋雨

秋雨如塵多積病抱幽耿晝分木客吟夜同鴟
奴讋池面風溘溘簷端樹冋冋何以曲彔牀偃
卧弔孤影

短睡十韻

睡鄉蚩蚩人樂哉此中訝我久弗來得毋以夜
爲日在酒國蠟煙如蠹花成埃騰飆飛爵忘漏
促沉湎何啻是鴆媒嬌縈脆竹志易惑溺之宫

徵皆生災不然夭桃百媚楚女顒翠蛾一一畫
麝煤長袖善舞更擅曲行雲行雨迷陽臺我聞
若輩苛責語口勿能辯酸心摧吁嗟作客抱寂
寞三旬負病形𢡺隤豈但寡歡屏聲色即今斷
飲焚尊罍斯須拱揖遽別去依舊獨眠魚目開

懷戚五丈東發江上

黑齒曾遊古陋邦歸來散髮卧清江篆書可載
車兼兩負郭難謀田十雙堂下野花迷舊席門
前枯柳繫輕艭遙知待我餘杭酒醉弄霜天鐵
笛腔

西林秋夜聽支十丈彈琴

秋夜白頭客抱琴彈此聲離堂花漠漠古樹水丁丁絃直寸心合曲徵六氣清斷雲與孤鴈都是欲歸情

題何山人琦活埋庵十韻

客舍如團焦林木紛幽覃急嗾何居士投老樂湛湛一日百憂生戚戚獨繭蠶而非酒可解具鍾心失貪抱頭嬾卧起署名活埋庵我覩慄弗懌問荅皆悲談讀書不得力辛苦慚丁男滋味檗與荼安能變成甘勸子且遊世單步行荷擔

出門山滿目好山在終南

新絃曲

故琴今夕張新絃彈者生澁聲可憐一絃斷今一絃續心有別離手則然枯桐本非爨下棄收之古囊且自閟宮徵何嘗音不諳試向歲寒尋此意

貧交送別曲

貴交之別祖帳長纓驂紺幰大道傍腊夫炙豕還封羊昔聞相送吏部郎貧交之別則不爾濁醪一杯話千里落落酒徒尚如此白頭故人可

知矣

秋柳和陳三撰二首

蓬鬆緑鬢減腰圍可奈風欹霜倒飛已失三眠
舊時態絶如房老泣孤幃
何愁婀娜一枝殘金縷衣銷舞袖寒轉眼明年
春二月龍池曉雨拂闌干

近事

曦光烘紙坐堂廉書字無緣換束縑可笑客塵
生鏡𥗮花前嬾去摘風髯

六言寄題洪三上舍公褒江湖載酒遊卷

閑關貪飲十榼束帶笑迎五經何似江湖一舸綠波顏色滿羅此中可夢南浦而外宜遊洞庭小泊互爲主客野鷗飛下涼汀

馬曰琯曰璐兄弟招同王岐余元甲汪埴厲鶚閔華汪沆陳皐集小玲瓏山館

少游兄弟性相仍石屋宜招世外朋萬翠竹深非俗籟一圭山遠見孤棱酒闌遽作將歸鴈月好爭如無盡燈尚與梅花有良約香黏瑤席嚼春冰

宣城沈丈廷瑞畫松歌

我家萬松嶺下松已無煙煤掃跡天水愁糢糊
却于宣城老子畫中見緑鬚紺髮拱揖如丈夫
昔聞張璪貞外最奇古手握雙管齊運與衆殊
紙上一爲生枝一枯枿落落之狀未肯容麄麅
今君遠追遺法自森别硬筆有同劃飛鬼國鐵
何假烏兎氏大火來煆成直榦彊立焉能遭錯折
要我作詩贈我長幅好攜歸挂壁終日坐歎絶
瘦琴悶雨鬖髴是爾聲此聲荒涼可聽不可說

過唐太守紹祖吳興郡舍信宿三日瀕别

漫投十韻

清雍正十一年刻本

春風碧瀾堂扁舟晚來泊汀草雜汀花野香各無著轂履入郡齋相見話歲籥覼然笑口開情好宛如昨即知廉守賢民事自疏瀹信宿三日留殷勤一杯酌朋輩得蕭李文翰乃紛作夜聞雨淋浪其心在寥廓明將泛江湖馴鷺先我諾去去綠蓑衣漁竿計非錯

廣陵北郭花下獨酌

獨攜小榼少人同林木參覃地百弓我與飛花都解飲好風相送酒杯中

寄閔八

貧而好客鄭卿賢小別相思若閏年簡雨疎風
草堂閉定知一夕長苕錢

吴丈弘謨攜酒過寓園竹閒對酌長句奉
酬

三春虛擲花事抛今甫重幕燕定巢既無爇人
共爭席却鮮弟子私相嘲結朋惟愛老蒼好晚
乃與君深締交越日載酒過別圃竹下一壺傾
松膠此閒種竹可五畝勿遭惡棘纏荒茆緐陰
當午生冷翠弗採自直異曲匏滿林得風作笑
語緑膚新粉抽煙梢夙聞妙手擅鉤勒蕭協律

泒非誇嗲欲乞放筆寫萬个目接厓谷心坰郊君言秋涼再連話爲我潑墨畫出金錯刀

五月二日吴孝廉瀚上舍濂招飲遍嘗所藏名醖聽吴下李周二生擫笛度曲醉成此詩

緑蒲節近晚酒香先開酒庫招客恬酒名記注細可數觥船瀲灔同品嘗中有汜光春更好新鵞出浴燭臏黄飲如建瓴不放手三萬六千少年塲君家弟兄工譜曲减字偷聲皆樂録傳抄今已遍江南肯使酒徒冷空局周郎小李㢊吴

趨瀏鸂灘頭一雙玉忽來筵上勸我醉激管清
喉夜忘促調變伊涼入破多後庭還唱定風波
眼花迷纈心苗損恍聽狗兒吹笛膽娘歌

題汪六處士士慎蘭竹二首

雨過深林筆研涼女蘭開處却無郎柔荑駢穗
多纖態不數金陵馬四娘
道人絶粒面蒼黧寫竹偏來南垞西清瘦兩竿
如削玉首陽山下見夷齊

寄題李徵君秉元青橒別業

割地棲巖道味深一舜州辟見初心小經曾習

嚴彭祖至孝無懈何展禽雲卷有時來枕席鹿遊自古在山林餘糧我辨支節去十八盤中曲磴尋

褚先生恒謙老毀儒服委跡浮屠聞其瓶拂隱于鄞縣山中寄贈

渴來安得萬年冰却羨清涼住九層晚謝朱幡烏府客老爲白閣紫衣僧長眉掃壇花間久左手鈔書鐙下能歷盡刼灰人隔世飈輪輾破法輪升

憶家

爛銀月色露檐垂千里思家鴈信遲正是擣衣衣半濕夜燒熨斗坐空帷

將遊楚中於眞州江上登舟二首

眞州判袂客途新悄悄迢迢最顯神上得孤舟聞疊鼓橫波送酒却無人

亂柳摧心野郭秋隔江山翠晚奩收月初缺處津頭別髩髩鬅湘煙楚竹愁

寄岳州黄處士端齡

一繩天外鴈來初露脚涼飛月魄虛沅芷澧蘭騷客遠朱橋粉郭酒人疎須憐夜杓難同飲莫

清雍正十一年刻本

悵風帆少定居愛爾洞庭吹笛賦昔年傾倒老
尚書

過小孤山

古縣蕭條對岸開大江行色榜人催水風多處
輕擡眼浮出青山似覆杯

郢中放舟至襄陽

船頭望青山衆態逞媠嫿飢煙明浦樹飽風送
帆席纔作郢中吟緬懷峴首客際晚計郵程百
五宿江驛

寒夜過荆山人山居

雪中寒色到肩隅黄葉堆門月暈無想見苦吟

風燭下靈龜屛息玉蟾枯

西池精舍梅花二首

半影疎枝夢不忘獨來樹下設禪牀酒鐺歌板

都無用莫亂梅花好道塲

月光明似佛堂鐙池水生寒又結冰消受清香

透毛骨除非前世此山僧

復至武昌將還錢塘留別許士諤二首

一掌好風吹㸑煙乞來不費沈郎錢連朝絶似

嘉陵路水送山迎天上船

官道垂楊客繫留堆棉搓絮武昌樓此番傷別
無須酒坐有仙人許散愁

秋夜鮑明府鈖攜酒就劉郎泊小酌與姚世鍾同過

秋夜秋池幽且娟涼鷗涼鷺五湖天水明于月
宜同夢樹老如人又十年散髮賀循言可聽啣
杯謝濨跡堪憐劉郎泊記思前度好續吴興掌
故傳

玉湖阻風唐太守招飲沿月歸宿舟中作
此遣興

石尤風甚厲故人酒頗佳阻風兼中酒百憂釋客懷先生了公事文案無緐哇箄竹閉鈴閣乳雀馴苔階組圭澹相忘林磬期不乖旣怨向栩狂且作錙伶埋歸來見涼月其光新磨指空船啣尾卧濁浪如長淮

歲暮復寓吴興姚大世鈺蓮花莊之寒鑑樓雜書五首

家家三尺好溪光此處溪光墨瀋香樓上南山如女色曉奩開候翠眉長

宿葦枯蘆有鴈聲連宵倚檻詎忘情還須把酒

清雍正十一年刻本

吹寒笛十二回圓坐月明

題壁蛛絲親拂除諸郎昔共此深居蘭熏玉縝嗟摧折不見對牀人讀書謂亡友秉衡豐萬兄弟

鷗波亭外水濛濛記得今秋擕釣筒消受白蓮花世界風來四面卧當中

雪尚未晴雨復喧六時思與阿誰言纜船絶少金欄客漁弟漁兄笑叩門

吴中春雨泊舟入夜寒甚被酒作歌

春雨打篷雲冥冥篷底聽雨泊遠汀十十五五長短亭好山對面失洞庭野梅縛棘香零丁疎

香激玉飛瓏玲苦寒噤瘁夜不寧水際一鐙如孤螢照書冷醈光星星傾三百杯影勸形滋味濁清辨渭涇醉來荒唐喚楚醒伴我卧者空酒瓶

自曲阿之潤州渡江作三首

小辛郵圯曲街通孟佐湖荒逺岫空好試斜風細雨裏紅闌射鴨竹枝弓

碧草抽心花脱胎舊情棖觸客腸廻去年今日離筵上楚女春衫拭酒杯

迎船塔影渡江遲愛誦瓜郎五字詩對面相思

清雍正十一年刻本

若千里石簰山下落潮時

懷張先輩幼持林居

十年焚軸臥林莎深閉書堂少俗矜收得此心如鎮石常時見面有寒冰空囊趙壹清無匹一揖奚康嬾未能曾共春風三度醉櫻桃花下曳青藤

柳三首

鎖兔橋外綠匆匆樹亦鎖兔客送空萬縷千絲生便好剪刀誰說勝春風

酒邊青幔水邊樓郎馬蹄忙可暫留三月長條

如羿帚掃愁不得反添愁
偏汝無端替别離離多合少費相思獨眠人夢
糢糊甚正是飛花作雪時

廣陵秋日雜作三首寄一二友舊

精廬淨于水雙樹縹緑初石琴託心謡竹扇擅
草書騶從時罕逢隼旟來已虛惟有秋鐙下麯
生不我踈
明年當爲僧漸欲匿名姓負薪叔敖飢苦雨子
桑病未能希十賚安可膺五聘抗顔誓還山還
山慰幽夐

何兄與樊弟巖館忘世情茶夢澹而媚藥塵香
且清屢訪花隱翁踵息無一聲好比江上鷗戢
影戀舊盟

送宣城沈隱君遊楚中

君訪漢陰好機心機事無山寒道士洑月古郎
官湖活筆添松格清謠想鶴癯明春定歸卧崦
戸足茶租

城南僧舍寄梁高士文瀚二首

乾淨逍遥地經年白社情晚雲看千變清磬槌
一聲杞菊澹相向龜魚時放生此中悟蕭寂禪

恍最聰明
高卧午纔起浮華已懶攀秋林廣陵郭鄉夢當春山帖帖風襟短栖栖逢首閑故人書遠寄好附酒船還

新編拙詩四卷手自鈔録付女兒收藏雜題五首

聖代空嗟骨相癯常裁別體闢榛蕪他年詩話添公案不在張爲主客圖
鐘聲斷處攢眉想日影趖時擁鼻吟隻字也須辛苦得恒河沙裏覓鉤金

古調泠泠造耿徽玉池清水自生肥流傳若待
官三品誰重襄陽是布衣
天涯詩老浪相稱棖觸清愁歲月增一櫂今成
五湖長酒波如練雨如澠
卷帙編完頂髮疎中郎有女好收儲帽箱剥落
經籭敝莫損嚴家餓隸書

冬心先生集卷第四

雍正癸丑十月開
雕于廣陵般若庵

嘉慶己巳在揚州得先生三體詩續集詩序二刻愛其詩文而刻槧復精絕因合裝藏玩茲於滕西故士人家無意又覩此本首有高西園鳳翰私印朱色粲然高客南中與先生同時必其北還携歸之物其家湯不省遂以千錢獲之弟不知何年再得續集而詑延津之合也戊寅初伏日六琴居士記

吳郡鄧弘文仿宋本字畫錄寫

冬心齋研銘

清雍正十一年（一七三三）刻本

文章之體不一而銘爲最古釋名云銘名也記其功使可稱名也臧武仲之論銘也有令德紀功稱伐之義焉則銘不專於誡儆矣古者盤杅几席尊彝旂常楛矢嘉量敧器讒鼎景鍾戻鑑刻漏之屬莫不有銘研其一也自帝鴻氏墨海有製沿及李唐以來研之產不一地形不一式藏不一人衍石墨相著而黑之語爲銘者不一家豈不以文房之用畢世相守尊如嚴師密如執友寶如球璧琬琰護如頭目腦髓者惟研爲然墨次之筆與紙又次之使石卿之策勳默而

不著得不笑文籍先生爲少恩哉予平昔無他嗜好惟與研爲侶貧不能致必至損衣縮食以迎來之自謂合乎歲寒不渝之盟焉石材之良楛美惡亦頗具識辨若親德人而遠薄夫也稍收一二佳品得良匠刓斵精古居北之身日習其事銘因此作亦陶貞白山中白雲聊自怡耳舟屐所至朋遊好事者謂有奇響各出所儲相索予因喜得盡窺諸家之祕而甲乙之幾如子將之月旦季野之陽秋也下逮侍書明童掃黛房老圓匳櫛匣羣請品題而予之斐章於是盈

軸矣賅而存之其中寓規者十之三彰美者十
之七寓規者座右所陳之比也彰美者彝器所
勒之比也至其辭之爲雅爲鄭爲莊爲諧爲正
爲廋則予不自知石不能言惟俟有道者定之
耳且予夙有金石文字之癖金文爲佚籀之篆
嘗欲效呂大防薛尚功翟耆年諸公蒐討遺逸
輯録成書有所未暇石文自五鳳石刻下於漢
唐八分之流別心慕手追私謂得其神骨不減
李潮一字百金也研正石類銘成輒以八分書
之睹落翩於結鄰想竊柎於曲水拘墟者得毋

以予言爲夸乎雍正十一年歲在癸丑嘉平望
日錢塘金農自序

冬心齋研銘

錢塘　金農　壽門

魯隱君研銘

一畝宮齊民居苔滿榻勤著書莫羨西鄰有麥魚

石處士研銘

持平用方子之苗族頑陰不冰是謂溫谷

寫周易研銘

蠱履之節君子是敦一卷周易垂簾闔門手寫不倦心光存吾慕著龜占可以釋百憂水泂泂

雲幽幽此道最精顔惡頭

張省度魚研銘

我聞鯈魚可以忘憂䉤䉤其尾載泳載游江海豈少籍人罟師沉毒鉤者亟須避之

蒲子春研銘

爍爍者光覷幽實顯豈看破天下而始貴其眼哉

水田研銘

田四周同我耕者水牯牛歲歉弗收吾將汝尤

巾箱研銘

頭上葛巾已漉酒箱中剩有研相守日日狂吟杯在手杯乾作書瘦蛟走不識字人曾見否

敝屣研銘

東郭雪中老鬍江上棄之棄之吾何忍棄之

康石舟研銘

日初出雞子黃一夫不改其耕而天下康天下康田與桑

草書大研銘

榴皮作字茗帚書仙人游戲信有之磨墨一斗丈六紙狂草須讓楊風子

鈌角研銘

頭銳且禿不修邊幅腹中有墨君所獨

團研銘

研如此不惡面如此此便俗侏儒侏儒多飽粟今之相者兮果無作

汪近人七峰草堂研銘

松吐煙磨有餘水一滴玉蟾蜍七峰青草堂上對寫之日無恙

朴山先生注大戴禮記研銘

守其槃疏其涇學其説十四經

注老子研銘

河上公開其原腐毫罔傳亢牝之門

雲研銘

雲一縷朝朝暮暮潤如許豈待玉女披衣而後作雨耶

香洲道士研銘

負此一雙好眼睛五侯七校皆所輕願隨飲水陰長生作書高揭芙蓉城羣仙拍手紛相迎

余茁邨濡雪堂研銘

濡雪翁鶴髮新棄執客愛冷人與石結交如宅

之有鄰冬釭吐孤花苦吟窮八垠已忘肩山矗矗兩手龜吾知先生寧守黍谷寒不受黍谷春

鶴研銘

鶴不飛恒苦飢玉池水飲則肥堯年大寒何處歸有一人攜之遊二頃田爲爾謀

鷗研銘

秋水瀾鷗鷸翼三沐浴之中有片席

注書研銘

石卿助我箋蟲魚相隨海角天涯居白髮滿頭了殘書河東猗氏眞不如

許菊齡瓢研銘

山翁在山飲山中泉髓既洗兮腹何楞然攜之入林間果風吹之而有聲焉

吴惇園寫經研銘

有一善人寫經閉關諸花香中忍界之天挹澡瓶水而灌福田放白毫光在指節間

春帆書屋研銘

產南粤路五千珠江上緑榕天春帆客載汝還文筆快下水船

篔簹分个軒潑墨研銘

寫韻軒開此君相對默默者雲若五斛黛

蘐圃鳩研銘

離墨山中花雨濛濛曉鳩梳羽啼聲空上林好

棲一枝禽有經曷不書之

金星研銘

花離離孔翠飛山滲金夕照微傲洮河欺石末

配庾郎銅筆格

大全研銘

貌朴古類儒者乃淹中稷下席橫經資我寫勝

斷𩍐半瓦

田研銘

尺宅中有寸田寸田無荆棘得非伊耆氏之豐年耕之耕之掌流五色煙

大蕉葉研銘

芭蕉葉大禪機緘藏中生活水冬溫夏涼

小蕉葉研銘

嫩蕉葉抽春芽試作書開心花

唐仲長子光研銘

山有時聾澤有時瘖道之不亨六賊是侵結廬北渚此研在側餌藥長生水德尚黑

宋謝幼槃研銘

江西詩社多逸民廿五人中十九人謝家小弟才清眞竹友之集七卷新席有斯研方瓊琨明窻虛幌無凝塵筆花如燒開千春

楊吉人藥局研銘

丹砂田菖蒲井耕而不耰汲之有綆韓康宋清同其品

婁正檀隱君宋研銘

天水之民古子遺不言不笑偏工書冷面落落交最疏一接俗人三袚除

王橙齋古泉研銘

契刀赤仄當千直一用之不竭果是王郎有錢癖

冷紅先生填詞研銘

彎爾眉纖爾腰秀靨微笑迴紅潮江郎攜來夢筆橋初三月底譜六幺記曲孃子非其曹

春泉居士小玲瓏研銘

玲瓏片石豈蟲所蝕其香生九竅之文心乎吾何測之

皇甫孟陽畫蘭研銘

灃有蘭﨑我田墨灌之生紫煙搴其芳香與色
畫者誰楚騷客

蕨田居士松皮研銘

松皮其形松脂其色豈無松子歲收一石齋心
讀書柴扉反闗如聞松風出齒牙閒

勘書研銘

開卷不辨虎與魚莫對君而書君愛潔朝沐日
有庋毋盜貪泉來恐觸君怒

巢空閣主人宋研銘

非芝之紫得茶之白一世二世趙宋之石君工

畫兼能詩莫寫灰堆山且題幼婦辭

代畊草堂研銘

疏溝洫耡蒿芻歲收何減南國珠此中不納五斗租却勝買田迴踵湖

樊榭山民填詞研銘

紅絲研鏡匳藏墨一螺譜樂章并華清甘且香爭歌之柳七郎

閔廉風石卯研銘

團團如墮星雨餘天色眞空青利我之用磨我墨不數翡翠能屑金文字妙書體精石柽記卯

塔銘二者得兼惟阿兄

廉泉先生研銘

牛漏蹄尚可耕人隳四體忝所生目矇耳眊夜失明墨池乾涸無精神不如捐棄同書檠

金陵沈隱君研銘

攝山在几此研相親白雲與游堯之外臣

馬嶰谷蕉葉研銘

夜含露朝吐雲訖遭修竹有彈文七聘堂牕洞開仙客馬明生作書無點埃落筆聲謥雨來

楊都督研銘

上馬殺賊怒霹靂下馬作書和氣親運筆如使
槊其力足以舉百鈞平東將軍何嘗眼大同車
輪

王東令舍人著作研銘

紫薇省文筆新得汝潤澤如麗春心無垢面無
塵風格老何嫌醜舍人

孱守齋主人洮河研銘

質比紺玉色如海苔君毋浪用日磨龠煤

洪櫰亭贈嫁研銘

玉堂仙人非鹿麤官嫁女却似戴叔鸞練帬竹笥

笑不完奩中有研奚酸寒遠勝明珠贈一箪女夫得之盥且看三危之露生漙漙星光爛兮夜未闌著書當向毛公壇

丁敬身改書研銘

毋貪墨寧雌黃功最深補訛亡

鳧研銘

若野鳧之飲于水花翼拍拍可憐紫

内子口研銘

毋長舌毋露齒閨中之研乃如此椒有頌菊有銘以筆代口含芳馨

沈童子研銘

唐家小兒秀無比一雙瞳神剪秋水舞勺年頗能書右將軍笑不如

女郎小研銘

十三年紀待嫁不嫁石家女顏色可療飢桃花好面皮

西唐山人畫山研銘

作畫不燒枯樹枝鼠鬚蘸墨何所師妖花暴禽君弗爲隔江晴翠窻案間故宫紈扇湘竹斑輕描細染南朝山

原高士括囊研銘

開君囊有何術一弓書習禽乙

張仲嵌孝廉試闈研銘

七十老翁何所求三上春官名不收尚誇磨研

絪緼浮作文辛苦書蠅頭曲江領宴願始休

三弱先生著作研銘

佐良史石之職善屬文分曲直若以積墨敗水

而汗其面何異喪君子之德也

呂湘中研銘

骨露而寒耳通有漏長身君子何礙其瘦耶

林塘主人風字研銘

抽我豪頌清風水得之而行千里瞬息中八方
六合將毋同王郎王郎才敏捷不愧滕王閣上
客

邊壽民月圜研銘

何取乎規有此圓相三五不虧作滿月狀

馬涉江鐸研銘

服勞者牛非其所繫先生得之掌周官樂而無
戾

透風透月兩明軒重蓮研銘

液生華合丹只用青蓮花七寶池頭是爾家

盛嘯厓雙魚小研銘

鰈魚一雙墨沼春朝莫書恨字寄紅板橋

趙飲谷填詞研銘

其曲寡和其人則餓誰曰詞場無不可迀辛髯蘇計乃左研兮鮮用空錦褁飈輪墮落類爾我弗如山南之茶磨

麓公研銘

結團菴龍樹前白足僧研有緣銅槃既淨拭洗之菩薩泉現一絲絲若紺髮然

張法生請室上書研銘

釋汝囚返汝魂魚脱笥雀離樊賴石氏辯沉寃
雖不言而代言

雨山先生指頭畫研銘

吴生精舍如佛巢白頭與研爲石交以指濡墨
萬象包鮮花活樹多風騷何需一牀秋兔毫

瞽師郝用光研銘

西河子夏經術昌明雖盲於目不盲於心

水墨雲山粥飯僧寫經研銘

白乳一泓忍草一莖細寫貝葉經水墨雲山粥

飯僧

又

朝寫經夕寫經香林古雪銅龕鐙此時欲守西方聖人酒戒吾不能

汪竹廬斧研銘

斧柯山君宅之武陽水君淬之月中樹君伐之

飲牛主人緑肪研銘

青琅玕出碧波香荷葉露試一磨仙書録字挍

屐研銘

不訛千金爲聘豈曰多肯換翠袖之雙蛾

莫笑老而無齒曾行萬里之路蹇蹇兮蹇蹇兮何傷乎遲暮

蔣康民端州研銘

仙骨堅玉之清子何來五羊城

作漢隸研銘

月霸圜孕象爾形其上異色開翠屏殺墨如劌犀何啻大食之刀新出硎五官中郎將落筆役百靈吾欲繼之書鴻都之石經

秋竹先生田研銘

一夫用力乃芸己田刈之穫之歲穫大年却無

猛虎之吏白晝打門橫索錢

拙存老人水巖研銘

紫紼之衣非貴秩石分三品此第一山中人兮

甘世黜手挍遺文無隧失

對鷗生填詞研銘

弄筆晨書玉津無限揩之不乾相思淚眼

閏郎界烏絲闌研銘

界烏絲闌直毋頗偏代主人耕方寸之田

獲亭主人不滿研銘

鏟小鈌而如句驪之天雖小蝕卻享大椿之年

谷神抱虛眞氣綿綿惟其不滿兮得方寸之獨全

孟姬畫小草研銘

香草多生春田無蒙茸有蘅荃綠窗纖手磨松鉛吳綃作畫衆翠鮮稚蜂小蝶毋垂涎

郭姬譜曲研銘

研有奩筆有牀譜羅裙丁六娘

衆棄研銘

砧娘擣練之爲用乎爨人支牀之所遺乎取而改之何異收爨煠下半焦之桐乎

汪師李斷碑研銘

寒山一片石以手摸之探幽賾此中功德惟君有得

胡盧研銘

與浮江湖千金一壺

老匏居士黟石研銘

翳桑餓夫守此無域之荒畦所謂朝炊不給其面多黧黑者也

腰帶研銘

蘿帶山人韋帶隱人噫吾不知世上有玉帶之

貴人

黄松石黄雲研銘

若絪若緼非沉非冥一見生喜黄色天庭

沈凡民圓研銘

環摧璧破鏡蝕光何如片石凹中央青麐紫鳳

不死方飢而食之同仙漿

新羅山人畫竹研銘

此研畫竹翠袖江頭年年秋雨作湘女愁

范原野琴研銘

太古質何蓍若蓍若家風一曲范履霜有聲無聲解

聽爲誰耳塞豆者烏能知之

吴郡鄧弘文仿宋本字畫録寫

冬心先生畫竹題記一卷

清乾隆十五年（一七五〇）刻本

冬心先生畫竹題記
己卯孟春
祖鍾署簽

戊子冬月緇江官廨借讀一遍
友石書識

冬心先生年踰六十始學畫竹前賢竹派不知有人宅東西種植修篁約千萬計先生即以爲師去春先生病起目矇耳聵之狀輒自愛惜名山老疾時時動念今夏四月輕艑短櫂别剡中諸勝過吳興攬苕弁關大雷下浸太湖狎洞庭揖林屋品第茶經慧泉泉上躡良常憩招隱復渡江訪焦先瓜牛廬又至廣陵客謝司空寺無日不爲此君寫照也畫竹之多不在彭城而在廣陵矣每畫畢必有題記一攄棖觸之感秋雨兀坐編次成集江君鶴亭見而歎賞不置命傔

人鈔錄付剞劂氏江君早歲能文交道矜慎
獨取乎韋布寂寞之言其賢誰得而測之邪
乾隆上章敦牂九月九日錢塘金農自序

冬心先生小像
廣陵高翔寫

所居未索
山乃頭如
雪文必塵
七十翁而
與親目苦
吟生涯癡
新安方輔
題嘉定楊
謙書

冬心先生畫竹題記

錢塘 金農 壽門

饑鳳非竹實不飽予畫竹竹之實歲無所收安得爲羽儀者之食也竹之族六十有一而獨盛西南曰箘曰篠曰䈽曰筀曰篔簹曰篠簩皆可貌其幽姿者也其他若篡簩之類則不堪寫入豪楮矣宋人有詠竹米詩竹米者竹實也即篔也儋石之儲何人見之所以巢于阿閣者尚饑也予之常饑又何怪乎

康熙丁亥予讀書于先師何義門先生家見

沈貞吉隱君畫竹小幅翳薈之趣如坐幽谷其父爲孟淵處士其子卽石田翁也居相城里山輿溪艇非勝流淨侶弗與遊三世不慕緋綬著簪韋帶皆享耄耋大年吳中譚往哲者至今稱之今予追想其筆漫然寫此然不强合其妙耳并題詩曰文洋州世不復有閻助敎近已無聞卽今坡老亦疎濶斂袂何人知此君

宋淳熙間省元徐履善墨竹得風作笑之態時時出紙上雍正壬子王吏部虛舟先生攜觀梁溪聽松盦中傳聞履殿試日寫新篁于卷

尾題云畫竹一竿送與試官其清狂殊可愛也十餘年來盧舟先生已歸道山此畫無存予養痾江上偶作小筆輒一動念履之畫竹世不恒見視後之夏昶文璧姚綬之徒幾有威鳳山雞之喻矣

籊籊竹竿畫以自賞儻逢王方平吾欲斫取贈其作垂釣之具焉上虞江三石頭策策之魚不少釣既不得得亦不賣此逸民中高蹈遺世之人也今有其人吾當友之

先民之言曰同能不如獨詣又曰衆毀不如獨

賞獨詣可求于己獨賞罕逢其人寻于畫竹亦
然不趨時流不干名譽叢篁一枝出之靈府清
風蕭林惟許白練雀飛來相對也
眉山長帽翁畫竹橫軸乾隆元年九月曾見于
京師一豪貴家墨瘐筆趫有崩雲抉石之勢
自屬奇蹟寻毋落想摹寫徃徃來胷中頗有
得也若魏國夫人踈篁瘦篠眞閨幃閒穉物
只合配女郎詩耳
寻自丁卯歲從江上遷居南城隅種竹無算日
夕對之寫其面目若五斛黛在豪楮閒烟啼風

嬉之態頗謂得之文湖州柯丹丘未嘗知有其人也

五代隃麋内庫紙開軒畫竹雲舒舒莫將蒲葦輕相比此是楊風子草書

古人云怒氣畫竹寻有何怒而畫此軍中十萬夫也冒次芒角筆底崢嶸試問舌飛霹靂鼻生火者可能亂畫一筆兩筆也

近得一大硯狀貌甚古人皆以爲砧娘擣練之石也閉門獨坐畫長竹數竿題以寄遠措句用韻不拘規矩極詩之變吾黨惟陳楞山厲

樊榭丁鈍丁杭堇浦陳竹町頗能賞之五君子亦擅斯體之妙者也詩曰此硯一錢雖不直此硯千金却不易中有海眼疑出泉坐對常想百年前百年前頭誰識得此硯定爲空階擣衣石終日摩挲我獨忙抱向孤松松下之高堂畫竹不畫今畫古湘江人愁湘雲苦舊時騷怨渺何許重磨輕烟掃長毫題詩大膽氣益豪豈屑啾啾唶唶聲嘈嘈天風忽爾吹蓬蒿抉眥側望皆汝曹只合寄與茅山道士勞山樵

酈道元注水經山陰縣有苦竹里里中生竹竹

多繁冗不可芟豈其幽翳殄瘁若斯民之餒也夫山陰比日凋瘵吾友舒明府瞻為是邑長宜憫其卤而施其灌溉焉予畫此幅冷冷清清付渡江人寄與之霜苞雪翠觸目興感為何如也

時雨夜過春泥皆潤曉起碧翁忽開霽顏玉版師奮然露頂自林中來白足一雙未礙其行脚也劉宋沈道虔屋後生大筍或竊之乃笑止之曰惜欲令成林更有佳者相與買送此語頗藴藉也予偶畫竹并畫迸土纖纖欲出之狀儻逢

朶頤物邑人可能從紙上掘去燒之作午食也

前人畫竹鈎勒之妙不名一家有以朱碧渲邑爲之者亦能品中高藝也寻丈屏障麋半捘漫然寫意所得在成都大慈寺灌頂院壁上唐張立用筆之法可以想見

冬心先生出遊四十年老且倦矣四十年之中渡揚子過淮陰歷齊魯燕趙而觀帝京自帝京趨嵩洛之晉之秦之粵之閩逹彭蠡遵鄂渚汎衡湘灘江閘車之輪舟之楫有時晏坐一室

泊如也傔人從者或三四人或六七人各治其
事泓穎取資抑何多焉卽煬竈析薪抱甕汲水
久而忘其服勞之苦也甬東朱龍善琢硯新安
張喜子界烏絲闌會稽鄭小邑兒工鈔書吳趨
莊閏郎操縵能理琴曲涇陽蔡春解歌元白新
樂府近來先生僻好畫竹長幅矮卷日竟十數
蘭陵陳彭學畫竹可亂先生眞嗚呼上世賢哲
之士若甯戚將車陳仲子灌園公沙穆賃舂司
馬相如滌器夏馥爲治家傭申屠蟠爲漆工闞
澤傭書杜廣爲廄卒袁宏爲富翁運租祁嘉

作都養給食吳逵行庖南霽雲爲長年操舟陸羽龍蓋寺牧牛程賀充眉州廳僕灑掃此身初非有意處于卑賤而不恤也人貴乎自立耳自立則其執役不爲屈不爲辱也下至王褒之髯奴炙酒張志和之漁童捧釣杜甫之阿段伐木楊伯起之阿對種蔬雖後無所顯然亦見用于名流而不泯其傳也

老而無能詩亦嬾作五七字句謏人而已可勿錄也然平生高岸之氣尚在嘗于畫竹滿幅時一寓己意林下清風惠貺不淺觀之者不從塵

筌中求我則得之矣

唐宋以來寫竹枝者不尙丹青專用水墨大半出于高流勝侶之筆非畫史俗工所能也其于堅氷積雪時乃見此君歲寒之盟與梅兄松叟久而勿替也予愛竹不啻好色近復揮掃徃徃畫以自賞閒或作易米計然未嘗有好事者連船運租償送也

松有時而摧爲薪桂有時而蠹其腹物之生也其如戕賊何竹族甚蕃不夭閼不龍鍾亭亭特立若翠葆玉人日夕淸風出懷袖閒庾公之塵

藉之而拂去也⺕與逼好輒爲寫眞此君面目
惟青城野鶴可相並亞
凡花之發于句芒也自含葩以及落蔕倏而敷
榮倏而揫斂便生盛衰比興之感焉暈朱調鉛
壯夫不爲也⺕僻性愛竹愛其陵霜傲雪無
朝華夕瘁之態每聞多竹勝地如渭川淇上者
亶造竹所不問主人往往人見之錯呼爲王郎
暇日則寫其貌黟縣陳元資我不淺也
⺕畫竹不畫石石何難乎顏色太古雪作飛白
者乃佳若攢苔用雨點皴不屑畫也畫竹宜瘦

瘦冬壽自然飽風霜耳蒙莊十圍臃腫之木予覺嬾對圖繪恐客嘲賓戲以我爲肉食相也

一枝新長楚江頭便有烟昏細雨愁若說無心心最苦斑斑湘女暮啼秋此予二十年前題湘陰女子畫竹詩也予近善此製遂轉以自贈白頭潦倒空負青青琅玕之照眼睫也老醜不嫁意欲何爲難免彼姝掩口笑之不止耳

予家書堂前後皆植竹每于雨洗烟開時輒爲此君寫照一枝一葉葢不假何郎之粉蕭娘之黛

作入時面目也
傔人陳彭冬心先生字曰幼籛復字之曰八百
侍先生硯席歷百二十朔晦矣先生受二豎之
擾三載僕半散去若風籜之解也彭獨留藥鐺
粥鍋晨夜無怠四方朋交皆謂戴逵已應災星
孰知尚在人世今年五月霍然而起嘗作東皙
近遊清茗蒼弁彭相隨以往諸天聖寺觀寺
壁畫竹一堵歸寫此幅彭乞請收藏噫其不好
摴蒱簸錢之戲又不愛珠犀金玉之貴而寶蘆
中窮士之殘煤秃管亦異已哉

虛心高節久而不改其操竹之美德也若戕伐之煎茶縛彗之厄非愛護弗能免之耳寻畫此數竿如見所生設百年後紙渝墨敝煎茶縛彗之厄可免也

跛道士梅沙彌寫竹一竿極似之不補桃花三兩枝何須貴人題惡詩

居無竹食無肉居無竹長俗也食無肉長瘦也是日西廊分種修篁七竿適有客餉豚蹄者寻得飽肉坐竹中居然不俗不瘦之人矣因磨王仲卿墨畫此紙幅蕭蕭秋聲如灌兩耳砌下

甘蕉叢棘毋妬長身君子挺立不屈也
野蒲出水雛鴨唼萍初夏新篁已解粉籜窺人
作微笑矣南朝官紙滑如女兒膚晨起寫此一
竿世無文殊誰能見賞香溫茶熟時只好自
看也
唐蕭協律善墨竹畫十五竿贈醉吟先生醉
吟先生作長歌報之傾倒其絕藝逼眞舉世無
倫也予遠希前良寫此牝牡十三輩茫茫宇宙
何處授人一字之褒難逢雅賞其他可以取譬
而不爲矣

竹有祖竹有孫藝竹者善于養畜也齊民要術所載東家種植西家收利又非人力之能施矣予江上舊廬多竹閱數世不改青瑤華今轉徙居何氏妹壻書屋瓦松梁苔薄見曦景而蒼篔一竿無有也養畜收利之說則託之墨卿畫此長卷將欲授高枕石頭之人也

嶰谷風秋柯亭人古信手寫來便是竹譜

天寶遺事云商山隱士高太素居清心亭亭下有秀竹稜稜玉立不羨侯家戟門也予仿小筆數竿以貽潛林逋客潛林爲太素雲仍之孫千

載相望其嵌光戢影敦蠱履之節同一軌也
寺遊弁山尋小玲瓏石不得信宿僧寮僧心印
乞畫瘦竹一枝長供佛前竹尊者頓開生面矣
并題七字古詩曰好遊名山扶一藤林間忽遇
長眉僧合掌乞畫苦寒竹先生近日無他能
竹中不復畫荆棘荆棘乃竹之盜賊老來嬾似
水牯牛隨意題詩在上頭
九龍山人嘗于月下隔船聞簫聲欣然寫竹
一枝相報越日估客奉紅氍毹一端復請山人
畫爲酡山人索取前畫裂之其事頗爲美談

予今年四月十五夜泊舟九龍山前緬想高風漫興畫此長幅何地無月何時無簫聲郎估客比比皆是紅氍毹豈少邪然求之今之世萬無其人耳言之可發一笑

興化鄭進士板橋風流雅謔極有書名狂草古籀一字一筆兼衆妙之長十年前予與先後遊廣陵相親相洽若鷗鷺之在汀渚也又善畫竹雨梢風籜不學而能廣陵故多明童巧而黠㑆板橋所欲每逢酒天花地閒各持砑牋紈扇求其笑寫一竿板橋不敢不應其索也若少不稱

陳鑾子田順郎意則更畫醉墨漬汚上襟袖不惜也今試吏于齊東濰縣矣便娟之徑可添伎席否翠蛾紅靨之圍詎少滌硯按紙之人邪吾素性愛竹近頗畫此亦不學而能恨板橋不見我也

寻畫此幅墨竹無蕭灑之姿有顧頷之狀大似玉川子在揚州羇旅所見蕭郎空宅中數竿也寻亦客居斯土如玉川子之無依宜乎此君蒼蒼涼涼喪其天眞而無好面目也噫人之相遭故然相同物因以隨之可怪也哉

五月十三爲竹醉日杜秀才從太原來遺桑落酒一尊予獨嘗竹下餘瀝澆之三杯通大道矣卽以酒和墨漫寫亘幅竹何能飲亦何能醉耶淋漓歙斜便若覩此君沉湎拍浮之態也

曩在汪伯子巖東草堂見張萱畫飛白竹紙長一丈許乾墨渴筆枝葉皆古儼如快雪初晴微風不動想作者非娟媚之姿悅人也予縛黃羊尾毛畫此巨幅縱意所到不習其能然幽眇間小有合耳寄與新安方密庵密庵善別畫千里之外定驟然以張萱目我也賢者樂此不賢

者又何樂哉

竹裏清風竹外塵風吹不斷少塵生此間乾淨
無多地只許高僧領鶴行

舟屐往來蕪城幾三十年畫梅之妙得二友焉
汪士愼巢林高翔西唐人品皆是揚補之丁野
堂之流巢林畫繁枝千花萬蘂管領冷香儼
然霸橋風雪中西唐畫疎枝半開觶桼用玉樓
人口脂抹一點紅良縑精楮各臻其微予比歲
沉痾頓起輒事畫竹然無所師從毋當幽篁
解籜時乞靈于此君李超兒墨日供揮灑賞爲

二友稱賞賞乎目無古人不求形似出乎町畦之外也

飲鄭氏園大醉如泥爛銀月色今夕尤佳畫此竹枝自代解醒并題小詩其上詩云花氣已闌人罷酒棋聲方散月當堦新篁一枝纔落墨便有清風生百骸乎之竹與詩皆不求同于人也同乎人則有瓦礫在後之譏矣

昔賢畫竹有畫于成都笮橋觀音院中又畫于中峯乾明寺僧堂壁閒儼然如生墨色淋漓寒煙四出令覩者雖執熱亟思挾纊也今人目不

接古干雲直上之狀何能得其萬一邪乾隆庚午六月朔日遊石塔寺訪吳興寄舟開士遂在禪室寫此長幅以充供養眼塵心垢都爲蠲去尋之所得葢有宿因默契于先哲也

風約約雨修修翠袖半溼吹不休竹枝竹枝湘女愁

宣城沈叟樗厓年八十似四十歲人雍正閒會合于廣陵之紅橋叟善畫松龍之鱗鱗石之衙衙唐張璪畫法也廣陵猗頓富家出白金一流叟始放筆爲直幹然不問其誰何以宣德

丈六名紙請乞也乾隆壬戌鮑辛甫先生領鹽運判官招叟遊杭州烏巾白褐叟欣然來西湖諸精藍粉壁輒作大幅未嘗索取三百青銅錢予交叟居小友之次星紀凡歷二周每見叟破墨皴動欲師其雙管齊下生枝枯枿之妙不可得也予今年學畫竹竹之品與松同總要在象外體物之初耳叟已騎箕天上予則吹篪市中相感更多歎息也

磨墨五升畫此狂竹查查牙牙不肯屈伏天上天下吾願斸取一竿贈之不釣陽鱎而釣諸侯

也世人中有眼大如車輪者定知此意
結夏僧屋野人有獻瓜果者予小嘗之畫此墨
竹相答題詩云不勞纖手剥蓮蓬西域瓜漿消
熱中畫出張高士家竹暑風却變作淸風北郊
去市已遠若養羊牧豕蠶薪種菜定有游明
根孫期葛洪范宣一流人吾將訪之儻不得見
當再往也
予今年又至廣陵有予思復來之誚所居北郭
僧廬僧廬多竹惜在頑石汙瀦中未見其娟
秀之媚幽獨也近日風雨無事輒作數竿聊爲

此君湔洗塵服耳

竹之生也緣坡穿徑絕無行次葳蕤檀欒若君子之在野焉當其抽萌換籜元功造化誰維司之寻畫竹一月之中麝煤狐柱破費凡幾許此幅寄贈丁隱君敬身龍泓不遠展看于風篁嶺下車馬塵是何物也

寻入夏來不巾不韈逭暑無方雪車氷柱安可得哉畫竹一幅以當休憩純用焦墨長竿大葉葉葉皆亂有客過而詫曰此嬴秦戰場中折刀頭也得毋鬼國鐵爲硬筆邪吾爲先生聚鬼國

鐵于九州鑄萬古愁何如
宋程郎中堂善墨竹爲湖州老文入室弟子嘗
登峩眉山見菩薩竹節外之枝茸密如裘輒寫
其形于乾明寺寺壁予用吾鄉元時林松泉代
郡鹿膠墨摹之恍若晚風攪花作百顛狂却未
有落地沾泥之苦也
吳門薄君自昆相見廣陵贈予東魏興和甎硯
一枚邑澤若幽幽之雲吐巖壑中琢手精奇四
周三道墨池深窪眞希世物貯硯之器是宋髹
漆紋理如牛毛如蚍腹亦可寶也因試其良畫

西蜀叢竹長幅報之題云貽我古硯報君新篁此中有渭川之千畝何用洛陽之一頃之耕疆
丹陽許濱江門善畫寞石水仙薄氷殘雪時見嫣然趙子固九十三莖畫法江門深得之汀洲華嵒秋岳僑居吾鄉相對皆白首矣嘗畫蘭草紙卷卷有長五丈者一炊飯頃便了能事清而不媚恍聞幽香散空谷中二老每遇古林茶話各出所製誇示寻恨不能踵其後塵也今年六月寻忽爾畫竹竹亦不惡頗爲二老歎賞于羣公閒云宋李息齋無此題記數行也近日

習家池頭風荷露葢世上人可不必畫必欲潑墨塗染只好懸諸葱肆供拾荅逼者作息肩之觀也

比日不出非不出也避城狐社鼠之相鬩也既不出矣招剡溪之人來畫老竹數竿在大石罅石作飛白者一作黳黑者一下有敗棘有惡草不意幽林縣谷中伏處此輩也畫畢擲筆太息自解不得吾當搔首問靑天耳

楚州陸三竹民新拜頭銜曰江湖釣魚師予以紙上一竿贈之直鈎乃可不可效籍人沉毒鉤

也此是老夫凝想觀者莫以爲有此事耳并題小詩申廣其意新婦磯頭嬾寄書竹竿笑贈莫踟躕釣魚須釣一尺半三十六鱗如抹朱

吾杭南山之南樵路澗道中皆有叢竹之勝人行其下翠沾衣襟今遠客廣陵毋思之則寫其形并作小詩託楮先生通殷勤焉雨後修篁分外青蕭蕭如在過溪亭世間都是無情物只有秋聲最好聽

金錯刀李家重瞳兒畫竹法也予戲筆爲之物外服古之士定知予有自來也

入秋雨師暴行其政渺渺江湖恍在戶庭半月來朝曦夕陽偶見竹影不三日而淋漓之聲又滿耳矣子桑之病杜門懶出惟有此君知我也寫畢乃作詩二首以寄意焉詩曰一番陰雨一番晴晴却無多雨又傾如此秋光太欺客攜燈畫竹到天明一派叢生苦竹洲枝枝葉葉正凉秋得風恍若作微笑笑我無家人白頭

古人身處貧賤執業甚卑若太公望賣漿孟津老萊子緝毛楚國嚴遵卜筮成都肆韓康賣藥長安道上樊宏藝漆壽張嚴清運炭越城

步隲種瓜江東劉寶賣牛衣高唐農家傅昭賣歷日靈州州境朱百年伐蘗若于會稽山中朱桃椎置芒屩于益州路口以至河上公緯蕭宛孔氏冶鐵雍伯販脂濁氏胃脯段干木儈馬灌嬰市繒趙岐炊餅徐孺子磨鏡王猛編畚沈驎士織簾篋茂叟醬翁之流或異時遁顯名著旂常或畢世幽潛跡光蓬藋者也冬心先生客廣陵五閱月衣上塵滿把矣臣朔九朝三食之厄未免也日畫墨竹欲鬻以自給終不得有損魯公之困而實萊蕪之饑爲可歎已

此幅墨竹爲巢林先生作題詩曰去年新竹種
西墻今歲墻陰筍漸長一日生枝三日葉秋來
便已蔽斜陽其意未盡又題詩曰明歲滿林
筍更稠百千萬竿青不休好似老夫多崛强
雪深一丈肯低頭予與巢林俱是鶴髮翁矣
當前行樂莫負景光若豫章之木七年而成陰
不暇畫之以奉先生也

秋聲中惟竹聲爲妙雨聲苦落葉聲愁松聲
寒野鳥聲喧溪流之聲泄予今年客廣陵繞
舍皆竹蕭蕭騷騷歷歷屑屑非苦愁寒喧之

聲而若空山絶粒人幽吟之不輟也晨起清
盥畢畫此蒲幅恍聞竹聲出紙上世有太拙薛
先生自能知之耳塞豆者烏得辨聽其妙者
邪

金陵湯鳳仿宋本字畫錄寫

乙亥春暮偶過馨園假得此冊歸而展讀覺
清風習習如坐竹林間也濟南王貢忱識